www.ingramcontent.com/pod-product-compliance
Lightning Source LLC
LaVergne TN
LVHW010051061026
849532LV00004BC/1209
9789358729580

کب صبح ہو گی

(افسانے)

ایم مبین

Kab Subah Hogi (Short Stories)
by: M. Mubeen
Edition: March '2024
Publisher :
Taemeer Publications LLC (Michigan, USA / Hyderabad, India)

ISBN 978-93-5872-958-0
9 789358 729580

کتاب	:	**کب صبح ہوگی** (افسانے)
مصنف	:	**ایم مبین**
پروف ریڈنگ / تدوین	:	اعجاز عبید
صنف	:	فکشن
ناشر	:	تعمیر پبلی کیشنز (حیدرآباد، انڈیا)
سالِ اشاعت	:	۲۰۲۴ء
صفحات	:	۱۵۶
سرورق ڈیزائن	:	تعمیر ویب ڈیزائن

فہرست

آب گزیدے

بارش کا زور لمحہ بہ لمحہ بڑھتا جارہا تھا اور کھاڑی کے پانی کی سطح بھی۔

دو دن سے مسلسل بارش ہو رہی تھی اور ایک لمحہ کے لیے بھی نہیں رکی تھی۔ آس پاس کی علاقوں میں بھی شدت کی بارش ہو رہی تھی۔ اس بارش کا پانی ندی نالوں کے ذریعے آکر کھاڑی میں مل رہا تھا اور کھاڑی کی سطح بڑھتی جارہی تھی۔ کھاڑی کے گدلے کھارے پانی کی جگہ مٹیلے پانی نے لے لی تھی۔

ان کی چال کے سامنے کندھے تک پانی جمع ہو گیا تھا۔ پانی چال کی سیڑھیوں کو پار کر تا اب دھیرے دھیرے گھروں میں آنے لگا تھا چال کے نچلے کمروں کی سطح کچھ نیچی تھی ان میں ۲، ۴ انچ پانی بھر گیا تھا۔

خطرے کی گھنٹیاں بجنے لگی تھیں۔

جو پل کھاڑی سے شہر کو جوڑتا تھا وہ بہت پہلے ڈوب گیا تھا۔ اور جو راستہ آبادی سے پل تک جاتا تھا بہت پہلے ہی زیر آب ہو چکا تھا۔ چاروں طرف صرف پانی ہی پانی پھیلا ہوا تھا اس لیے اس بات کا اندازہ لگانا بہت مشکل ہو گیا تھا۔ کہ کہاں کھاڑی کا حصہ ہے اور کہاں پل تک جانے والا راستہ ہے۔

پہلے کچھ جیالے اندازے سے اس راستہ کا اندازہ لگا کر دھیرے دھیرے پانی میں سے ہوتے پل تک پہونچنے کی کوشش کرتے ہوئے پل سے گزر کر شہر جانے کی کوشش

کرتے رہے تھے۔

لیکن راستہ ڈوب جانے کے بعد راستے پر پانی کا بہاؤ بھی تیز ہو گیا تھا۔ اس جگہ پاؤں رکھا نہین جا رہا تھا۔ پاؤں رکھتے ہی پانی کا تیز بہاؤ پاؤں کو اکھاڑنے کی کوشش کرتا تھا۔

ماضی میں ایسی صورت حال میں اس راستے سے گزرنے کی کوشش کرنے والے کئی افراد بہہ کر لقمۂ اجل بن چکے تھے اس لیے عقل مند لوگ اس طرف نہیں جا رہے تھے۔

کھاڑی کے پل کے دونوں جانب سوشل ورکر سرگرم ہو گئے تھے۔

انھوں نے رسیاں باندھ دی تھیں اور لوگوں کو پل کی طرف جانے سے روک رہے تھے۔

اس علاقے میں جو دو تین چالیاں تھیں ان میں بھی سرگرمیاں تیز ہو گئی تھیں۔

ان میں سے ایک چال تو مکمل طور پر زیر آب ہو چکی تھی۔

اس کے مقیم پہلے ہی اسے چھوڑ کر محفوظ مقامات پر جا چکے تھے۔

یہی صورت حال رہی تو کچھ دیر میں دوسری چال کا نمبر آنے والا تھا جب دوسری زیر آب ہو جاتی تھی تو پھر یقینی طور پر تیسری بھی ڈوب جاتی تھی۔

رات ہو گئی تھی بجلی تو نہیں تھی۔ چاروں طرف اندھیرا ہی اندھیرا تھا۔

شام کو ہی سوشل ورکروں اور محلے کے لڑکوں کا ایک گروپ تمام چالوں کے مکینوں کو وارننگ دے گیا تھا۔

"پانی کی سطح مسلسل بڑھ رہی ہے۔ رات ۱۲ بجے کی بھرتی ہے جس کی وجہ سے پانی کی سطح بے انتہا بڑھ جائے گی۔ اور اندھیرے اور آدھی رات میں آپ لوگوں کو گھروں سے نکلنا مشکل ہو جائے گا۔ کیونکہ آس پاس سر تک پانی بھرا ہے۔ ایسی صورت حال میں ماہر تیراک ہی پانی کے بہاؤ کے خلاف تیر کر اس جگہ سے نکل سکتے ہیں ظاہر سی بات ہے

کہ آپ لوگ اتنے ماہر تیراک تو نہیں ہیں۔ بچے، بوڑھے، عورتیں تو تیر نہیں سکتے۔ اپ لوگوں سے گزارش ہے کہ خطرے کے پیش نظر آپ لوگ گھروں کو چھوڑ دیں۔ اسکولیں کھول دی گئی ہیں۔ آپ لوگوں کا وہاں پناہ کا انتظام بھی کر دیا گیا ہے رات کا کھانا بھی آپ کو وہاں ملے گا۔ برائے مہربانی آپ اپنے اپنے کمرے خالی کر دیں۔

جو کچھ ہو رہا ہے اور جو کچھ ہونے والا تھا یہ ان کے لیے کوئی نیا واقعہ نہیں تھا وہ برسوں سے وہاں رہتے تھے اور ہر سال دو تین بار اس طرح کی صورت حال میں گھرتے تھے۔ اس لیے آنے والے خطرات اور مشکلات کا انھیں اچھی طرح علم تھا۔ انھیں بتانے کی کوئی ضرورت نہیں تھی۔

لیکن کبھی کبھی ایسا بھی ہوتا تھا کہ بارش کا پانی گھروں میں گھستا تھا بارش رک جاتی تھی پانی اترنے لگتا تھا اور ایک دو گھنٹے میں پانی کھاڑی کی معمول کی سطح تک پہونچ جاتا تھا۔

اسی امید پر وہ اندازہ لگا رہے تھے کہ کیا ہونے والا ہے اور کیا کیا خطرے پیش آسکتے ہیں۔

بارش ہوتی رہی تو ظاہر سی بات ہے کہ جن باتوں کا خطرہ وہ لوگ ظاہر کر رہے ہیں وہی ہو گا۔ بارش رک گئی تو دو گھنٹے میں پانی اتر جائے گا اور وہاں پانی کا ایک قطرہ بھی باقی نہیں رہے گا۔ باقی رہے گا صرف پانی کے ساتھ بہہ کر آیا کیچڑ اور گندگی۔

یہ طے کیا گیا کہ بچوں عورتوں اور بوڑھوں کی تو محفوظ مقامات پر منتقل کر دیا جائے جو جوان ہیں اور تیرنا جانتے ہیں گھر اور گھر کے سامان کی حفاظت کے لیے رک جاتے تھے ان مچانوں پر منتقل ہو جاتے تھے۔

نیچے پانی بھر جاتا تھا۔ کبھی کبھی پانی کی سطح مچانوں کو بھی چھونے لگتی تھی لیکن پھر دھیرے دھیرے پانی اترنے لگتا اور حالات معمول پر آجاتے تھے۔

اس لیے بچوں عورتوں اور بوڑھوں کو فوراً محفوظ مقامات پر منتقل کر دیا گیا۔ وہ لوگ محفوظ مقامات پر جس راستے سے جارہے تھے وہ بھی خطرے سے خالی نہیں تھا۔ ان راستوں پر کہیں کہیں کمر تک اور کہیں کاندھے تک پانی تھا۔ لیکن پانی ایک جگہ رکا ہوا تھا بہہ نہیں رہا تھا اسی وجہ سے خطرے جیسی کوئی بات نہیں تھی۔

بچوں اور بوڑھوں کو کاندھوں پر سوار کر کے وہ لوگ وہاں سے گزرے اور محفوظ مقامات پر پہونچ گئے۔

ہر کمرے میں ایک ایک دو آدمی رک گئے۔

انھوں نے اپنے اپنے کمروں کا دروازہ اچھی طرح بند کر لیا۔

بارش کا زور بڑھتا جارہا تھا اور اس کے ساتھ پانی کی سطح بھی۔ سب سے پہلے انھوں نے نیچے کے کمرے کا ضروری سامان جو پانی میں ڈوبنے، بھیگنے سے خراب ہو سکتا تھا اس کو اوپری حصے میں پہونچایا۔

جو بڑا اور وزنی سامان تھا اسے اپنی جگہ پر رہنے دیا۔ کیونکہ کہ نہ تو پانی سے اسے کوئی نقصان پہونچ سکتا تھا اور نہ پانی اسے نقصان پہونچا سکتا تھا۔

کمرے میں پانی کی سطح بڑھتی جارہی تھی۔

کمروں میں کمر تک پانی بھر گیا تھا جس کے بعد وہاں رکنا مشکل ہو رہا تھا۔

پانی میں سمندر کے کھارے پانی، سڑی ہوئی مچھلیوں کی بھی بدبو شامل تھی اور طرح طرح کی گندی اشیاء اور کیمیکل فیکٹریوں کے باقیات کی بھی۔

ان تمام بدبوؤں کے ایک ساتھ مل جانے سے ایک عجیب طرح کی دماغ پھاڑ دینے والی بدبو تیار ہو رہی تھی جس کی وجہ سے سر بھاری بھاری سا محسوس ہو رہا تھا سانس لینے میں دشواری محسوس ہو رہی تھی

وہ مچانوں پر محفوظ تھے لیکن ان کے لیے اس بدبو کو برداشت کرنا مشکل ہو رہا تھا۔

وہ بری طرح پھنس گئے تھے۔

کیونکہ اب اس جگہ سے نکل بھی نہیں سکتے تھے آس پاس پھیلے پانی کی سطح اتنی گہری ہو چکی تھی کہ صرف تیر کر ہی وہاں سے گزرا جا سکتا تھا اور بارش کی اندھیری کالی رات میں راستہ تلاش کرنا اور بھی مشکل کام تھا۔

اس لیے تو وہ وہاں سے نہ نکل سکتے تھے نہ کسی کو اپنی صورت حال سے مطلع کر سکتے تھے نہ اس طوفانی اندھیری رات میں کوئی ان کی مدد کو آسکتا تھا نہ ان کی خیر و خیریت دریافت کر سکتا تھا۔

نیند ان کی آنکھوں سے کوسوں دور تھی۔

ایسی صورت حال میں بھلا کسی کو نیند آسکتی ہے۔ نیچے پانی کی سطح لمحہ بہ لمحہ بڑھتی جا رہی تھی اور اس پانی کی بڑھتی سطح کے ساتھ ساتھ ان کے دلوں کی دھڑکنیں بھی تیز ہوتی جا رہی تھیں۔

اگر یہ سطح اس جگہ کو چھو گئی جہاں وہ بیٹھے ہیں تو ان کے لیے اس جگہ بیٹھنا بھی مشکل ہو جائے گا۔

خطرات تو کئی تھے جو ان کے سروں پر منڈلا رہے تھے جن کے تصور سے ہی ان کی روح فنا ہو رہی تھی اور وہ اس وقت کو کوس رہے تھے جب انھوں نے اس جگہ رکنے کا فیصلہ کیا تھا۔ محلے کے بچوں اور سوشل ورکروں کی بات نہ مان کر دوسری محفوظ جگہوں پر منتقل نہیں ہوئے تھے۔

مانا ہر سال طوفان اتنا خوفناک نہیں ہوتا ہے۔

لیکن یہ بھی تو ضروری نہیں ہے کہ ہر سال طوفان خوفناک نہ ہو۔

اگر پانی کا کوئی طاقت ور ریلہ آکر کمرے کی دیوار سے ٹکرایا اور دیوار ڈھ گئی تو؟

اس تصور سے ہی ان کی جان فنا ہو رہی تھی۔

دیوار گرنے کا مطلب تھا پورا کمرہ گر جائے گا۔ وہ مچان بھی گر جائے گا جس پر وہ بیٹھے ہیں ان کا سار اسامان اسباب جس کی حفاظت کے لیے وہ وہاں رکے ہیں پانی میں بہہ جائے گا اور وہ بھی مکمل طور پر پانی کے رحم و کرم پر ہوں گے۔

مانا انھیں تیرنا آتا ہے۔ زندگی کھاڑی کے کنارے گزاری ہے۔ اس لیے تیرنا تو سیکھ گئے ہیں لیکن اس سیلابی پانی کے ریلوں میں تیرنے کا انھیں تجربہ نہیں ہے وہ اس میں تیر پائیں گے بھی یا نہیں؟

انھیں خود اس بات کا اندازہ نہیں ہے۔

"دھڑام"

ایک دھماکے کی آواز طوفانی بارش کا سینہ چیرتی فضا میں گونجی اور ان کے دل دھڑک اٹھے۔

جس بات کے خدشے میں وہ گھرے ہوئے تھے وہ خدشہ کمرہ نمبر ۳ کے ساتھ پیش آیا تھا۔

پانی کا ایک مضبوط ریلہ کمرہ نمبر ۳ کی دیوار کے ساتھ ٹکرایا تھا اور اس کمرے کی عقبی دیوار گر گئی تھی۔ اس کے ساتھ ہی فضا میں "بچاؤ بچاؤ" کا شور بھی ابھرنے لگا تھا۔

اس منظر کو نہ وہ دیکھ سکتے تھے اور نہ اس جگہ پہونچنے کی کوشش کر سکتے تھے کیونکہ آنے جانے کے تمام راستے مسدود تھے۔

نیچے پانی بھرا تھا۔ پانی کی سطح سر سے اوپر تھی اس لیے نہ تو وہ نیچے اتر سکتے تھے نہ دروازہ کھول کر باہر نکل سکتے تھے انھوں نے تصور ہی سے اندازہ لگالیا کہ کیا ہوا ہو گا۔

کمرے کی دیوار گری ہو گی۔ دیوار گرنے کے ساتھ وہ مچان بھی گر گیا ہو گا جس پر گھر اور گھر کے سامان کی سیلاب کے پانی سے حفاظت کرنے کے لے جو لوگ اس پر بیٹھے ہوں گے وہ بھی پانی میں گرے ہوں گے اور پانی میں ڈوب رہے ہو گے۔ ڈوبتے ہوئے وہ آوازیں دے رہے ہوں گے کہ کوئی آکر ان کو بچائے لیکن ان کی مدد کو کون آسکتا تھا۔

ان کی آوازیں دور تک نہیں جا سکتی تھی جسے سن کر لوگ ان کی مدد کو آئے آس پاس کے کمروں میں جو لوگ تھے وہ اس بری طرح پھنسے ہوئے تھے جیسے پنجرے میں چوہے پھنس جاتے ہیں۔

زندگی اور موت کی کشمکش میں ڈوبی ان کی چیخیں فضا میں گونجتی رہیں۔ پھر معدوم ہو گئیں۔

پتہ نہیں ان کا کیا انجام ہوا۔

آوازوں سے انھوں نے اندازہ لگا لیا وہ ان کے پڑوسی طارق اور اسلم تھے جو اپنے کمرے میں گھر کے سامان کی حفاظت کے لیے رکے تھے۔

پتہ نہیں ان کا کیا انجام ہوا۔

'نذیر بھائی محمود بھائی آپ ٹھیک تو ہے نا؟

تھوڑی دیر بعد ایک آواز ابھری یہ منظور کی تھی انھوں نے منظور کی آواز اچھی طرح پہچان لی تھی۔ وہ ان کی چال میں ہی رہتا تھا اور بہت اچھا تیراک تھا۔

'ہاں ہم محفوظ ہیں۔ دونوں نے جواب دیا۔ کیا ہوا ہے؟

'طارق کے کمرے کی دیوار گر گئی ہے۔ سارا سامان بہہ گیا ہے میں چال ک چھت پر چڑھ کر پناہ لینے کی کوشش کرتا ہوں۔ منظور کی آواز آئی۔

'منظور بھائی! ہمارے یا چال کے کسی اور کمرے کی بھی دیوار گر گئی تو؟

انھوں نے پوچھا۔

'اب تو بس اللہ ہی مالک ہے۔ ہم کچھ نہیں کر سکتے ہیں۔ خود کو اللہ کے بھر سے چھوڑ دو اور اس کا ذکر کرو۔ اتنی رات گئے اندھیرے میں کوئی بھی ہماری مدد کو نہیں آئے گا۔ ہمارا یہاں رکنا سب سے بڑی بے وقوفی تھی اس بار حالات بہت خطرناک ہیں۔"

منظور کی آواز آئی۔

انھوں نے اور ایک دو باتیں اس سے کرنی چاہی لیکن وہ شاید اپنے آپ کو کسی محفوظ مقام پر پہونچانے کے لیے آگے بڑھ گیا تھا۔

اچانک پانی کی سطح تیزی سے بڑھنے لگی۔

اور ایک کھاری سے بدبو ان کے نتھنوں سے ٹکرائی۔

'بھرتی کا وقت ہو گیا ہے۔ بھرتی آئی ہے اب بڑی تیزی سے پانی کی سطح بڑھے گی کیونکہ جوار بھاٹا کی وجہ سے سمندر کا پانی تیزی سے کھاڑی میں گھس رہا ہے۔ اب تک بارش کا پانی سمندر میں جا رہا تھا اب بارش کا ایک قطرہ بھی سمندر میں نہیں جائے گا بلکہ سمندر کا پانی کھاڑی میں دور تک گھس آئے گا" انھوں نے سوچا۔

ایسا ہی ہوا تھا۔ جیسا انھوں نے سوچا تھا۔

کچھ دیر میں نیچے کا پورا کمرہ پانی میں ڈوب گیا اور پانی اس مچان پر بھی چڑھ آیا جس پر وہ بیٹھے تھے۔ اس مچان پر ایک فٹ کے قریب پانی بھر گیا۔

اب وہ پانی میں بیٹھے ہوئے تھے۔

پانی میں بیٹھے بیٹھے ان کے جسم شل ہونے لگے۔ اور سردی محسوس ہونے لگی۔

پانی کی سطح بڑھتے بڑھتے ان کے کاندھوں تک پہونچ گئی۔

اب انھیں خوف محسوس ہونے لگا۔

'بھائی !اس طرح پانی بڑھتا رہا تو ہم بری طرح پھنس جائیں گے۔ اوپر چھت ہے اور نیچے پانی۔ باہر نکلنے کا کوئی راستہ نہیں ہے اس طرح تو ہم پانی میں ڈوب کر مر جائیں گے۔ محمود نے نذیر سے کہا۔

'ہاں !سچ ہم مچ ہم بڑی مصیبت میں پھنس گئے ہیں۔ 'نذیر بڑبڑایا'اس وقت ان تمام لوگوں کا یہی حال ہو گا جو گھر چھوڑ کر نہیں گئے ہیں۔ "

آخر پانی سطح اتنی بڑھ گئی کہ انھیں مچان پر اٹھ کھڑا ہونا پڑا اٹھنے سے ان کے سر چھت کو ٹکرانے لگے۔

پانی مچان پر بھی ان کے کاندھے تک آ گیا تھا۔

ساری ترکیبیں بیکار ہو گئی تھیں۔ ان کا سارا سامان پانی میں ڈوب گیا تھا۔ اور اب پانی میں ڈوبنے کی وجہ سے خراب ہو جانے والا تھا۔ جس کی حفاظت کے لیے انھوں نے اپنی جان جوکھم میں ڈالی تھی اب وہ سامان ہی باقی نہیں بچا تھا۔

اسے نہ وہ بچا سکتے تھے اور نہ بچانے کی کوشش کر سکتے تھے بے بسی سے اسے پانی میں ڈوب کر خراب ہوتا دیکھ رہے تھے۔

'بھائی پانی میرے منہ تک آ گیا ہے !" محمود گھبرا کر بولا۔ "اس طرح تو ہم ڈوب کر مر جائیں گے۔ ہمیں اپنی جانیں بچانے کی کوئی کوشش کرنی چاہیے۔"

'ایک ہی راستہ ہے۔ "نذیر بولا "میں چھت پر لگی کھپریل توڑتا ہوں۔ اس کے راستے ہم چھت پر چلے جاتے ہیں۔۔ اس طرح ہماری جان بچ سکتی ہے۔"

"کھلی چھت پر ہمیں بارش کی مار کھانی پڑے گی۔"

"جان دینے سے بہتر ہے کہ بارش کی مار کھا کر اپنی جان بچائی جائے۔"

نذیر نے کہا اور وہ ایک جگہ سے چھت توڑنے لگا۔

چھت کھپریل اور کویلو کی تھی۔ اس لیے تھوڑی سی کوشش کے بعد اس نے چھت میں اتنا بڑا سوراخ بنالیا جس ک ذریعے وہ آسانی سے چھت پر پہونچ سکے۔

اس سوراخ کے ذریعے وہ چھت پر آگئے۔ اور چال کی ڈھلوان پر اپنا توازن بر قرار رکھتے ہوئے ایک کونے میں جا بیٹھے۔

تھوڑی دیر میں ہی انھیں پتہ چل گیا۔ چال کے سبھی مکین ان کی طرح چھت توڑ کر جان بچانے کے لیے کھپریل پر پہونچ چکے ہیں۔

تیز بارش جاری تھی۔

بارش کا پانی جسم سے ٹکراتا تھا ایسا محسوس ہوتا جیسے سوئیاں چبھ رہی ہیں سردی سے بدن کسی سوکھے پتے کی طرح کانپتا تھا۔

پانی کی سطح بڑھتی جارہی تھی۔

پانی چھت تک اس مقام پر پہونچ گیا تھا جو چھت کی ڈھلوان تھی۔

سب خدا سے رحم اور سلامتی کی دعامانگ رہے تھے۔

تین چار گھنٹے یہ قیامت جاری رہی۔ جوار بھاٹے کا وقت گزرتے ہی پانی تیزی سے اترنے لگا۔ سمندر کا پانی تیزی سے واپس سمندر میں جارہا تھا پانی بھی اتر رہا تھا۔ وہ چھتوں کے سوراخ کے ذریعے واپس اپنے اپنے کمروں میں آگئے۔

مچان اور کمرے کا فرش کیچڑ اور بدبو میں ڈوبا تھا۔

ایک محفوظ کونے پر کھڑے ہو کر وہ صبح ہونے اور باقی پانی کے اترنے کا انتظار کر رہے تھے۔

***

آگ

وہ ابھی ابھی اس آگ میں جھلسنے سے بچا تھا جو لوگوں کے کہنے کے مطابق اس نے لگائی تھی۔

سڑک سے گزرتے ہوئے اچانک کسی نے اسے پہچان لی تھا۔

"ارے یہ تو وہی انسپکٹر باوسکر ہے"

'کون انسپکٹر باوسکر؟ وہی نا جس نے پانچ دلت نوجوانوں کا خون کیا ہے'

'ہاں ہاں وہی باوسکر"

'مارو سالے کو! بچ کر نہ جانے پائے۔ آج موقع ہاتھ آیا ہے اسے چھوڑنا نہیں چاہئے۔"

"ارے لوگو! ہمارا دشمن 'ہماری ذات کا دشمن ہمارے معصوم نوجوانوں کے خون سے اپنی پیاس بجھانے والا وہ خونی درندہ انسپکٹر باوسکر یہ رہا۔ یہ بچ کر نہ جانے پائے۔ مارو اسے مارو اسے۔۔۔

کوئی گلا پھاڑ پھاڑ کر چیخ رہا تھا۔

اور اس کی آواز سن کر بھیڑ جمع ہو رہی تھی۔

دھیرے دھیرے وہ بھیڑ کے نرغے میں گھرتا جارہا تھا۔

اس نے عافیت اسی سمجھی تھی کہ وہ وہاں سے بھاگ نکلے۔ لیکن بھاگنے کے سارے راستے بند ہو چکے تھے۔ ہر راستے پر آٹھ دس آدمی راستہ روکے مٹھیاں بھینچے کھڑے

تھے۔

"مارو سالے کو۔۔۔۔مارو۔۔۔۔۔"

کوئی چیخا اور اس پر پتھروں کی بارش ہونے لگی۔

ایک پتھر آکر اس کے سر سے ٹکرایا اور اسے ساری دنیا گھومتی دکھائی دی۔ اس نے اپنا سر پکڑ لیا۔ وہ اپنا توازن برقرار نہیں رکھ سکا اور موٹر سایکل سے گر گیا۔

اس کا پیر موٹر سائیکل کے نیچے دب گیا تھا۔ بڑی مشکل سے اس نے اپنا پیر موٹر سائیکل کے نیچے سے نکالا اور کسی طرح اٹھ کھڑا ہوا۔

اس کے اٹھ کھڑے ہونے کی کی دیر تھی کہ اچانک مجمع اس پر ٹوٹ پڑا اور جس طرح دل میں آتا اس طرح سے اس کی پٹائی کرنے لگا۔ لاتیں، گھونسے نہ صرف اس کے جسم پر بلکہ چہرے پر بھی برس رہے تھے آج تک اس نے سینکڑوں مجرموں کے جسم پر لاتیں گھونسے برسائے تھے لیکن انھیں کھانے کا یہ اس کا پہلا موقع تھا۔ جسم کے جس حصے پر لات یا گھونسہ پڑتا وہاں سے درد کی ایک لہر اٹھتی اور سارے جسم کو جھنجھوڑ دیتی اس کے منہ سے درد میں ڈوبی ایک کراہ نکلتی اس کی کراہ کو سن کر مجمع اور زیادہ جوش اور غصے میں آ جاتا۔

"مارو! زندہ نہ بچنے پائے۔ اسی بے دردی سے اس نے ہمارے جوانوں کی جان لی ہے۔"

اس کے پاس اس کی سروس پستول بھی نہیں تھی اس معاملے کے بعد سب سے پہلے محکمہ جاتی کاروائی کے تحت اس سے اسکی پستول واپس لے لی گئی تھی۔ اگر اس کے پاس پستول ہوتی تو اس کے سہارے وہ اپنی جان بچا سکتا تھا۔ اگر وہ پستول نکال کر ایک فائر بھی ہوا میں کر دیتا تو اتنا بڑا مجمع سر پر پیر رکھ کر بھاگ کھڑا ہوتا۔

لیکن اس کی جان کے لالے پڑے ہوئے تھے۔ اور اس نے وہاں سے بھاگنے میں ہی اپنی عافیت سمجھی۔

بڑی مشکل سے پوری طاقت لگا کر وہ مجمع کو چیر کر مجمع سے باہر نکلا اور اپنے جسم کی ساری طاقت جمع کر کے بھاگ کھڑا ہوا۔

پورا مجمع اس کے پیچھے تھا اور وہ جان بچانے کیلئے بے تحاشہ بھاگ رہا تھا۔

پتہ نہیں کس طرح گشت کرتی ایک پولس جیپ وہاں آگئی۔ اور پولس والے مجمع کے سامنے دیوار بن کر کھڑے ہوگئے اور انھوں نے مجمع کی طرف بندوقیں تان دیں۔

مجمع پولس والوں کی ذہنیت اچھی طرح سمجھتا تھا۔ اب اگر مجمع میں سے کسی نے بھی کوئی حرکت کی تو کئی لاشیں گر جائیں گی۔ یہ سوچ کر مجمع پیچھے ہٹا۔

اسے جیپ میں ڈال کر اسپتال لے جایا گیا۔ اور اس کا علاج کیا جانے لگا اس کے جسم پر یوں تو معمولی زخم دکھائی دے رہے تھے لیکن اس کا سارا جسم درد سے دہکتا ہوا انگارا بنا ہوا تھا۔

مجمع نے اسے بالکل اسی انداز میں مارا تھا جس انداز میں مجرموں کو مارتا تھا۔

مار تو کاری لگے اور زخم کہیں بھی نہ آئے۔

اس کے جسم پر صرف سر پر پتھر لگنے سے چوٹ آئی تھی۔ وہی نشان صاف دکھائی دے رہا تھا۔ باقی پورے جسم پر ہلکی ہلکی خراشیں تھیں۔ مجمع نے اس کے جسم کی ہڈیوں کو نشانہ بنایا تھا جس کے زخم دکھائی نہیں دے رہے تھے جبکہ پورا جسم درد سے دہکتا ہوا انگارہ بنا ہوا تھا۔ ہنگامہ صرف اسے مارنے پر ختم نہیں ہوا تھا۔

اس کے بچ کر جانے کے بعد مجمع نے آس پاس کی دکانوں پر پتھراؤ کیا تھا۔ انہیں لوٹا تھا اور آگ لگائی تھی۔ اس کی موٹر سائیکل کو بھی آگ لگا کر پھونک دیا گیا تھا۔

دوسری خبروں کی طرح یہ خبر بھی میڈیا کے لیے بہت بڑی خبر تھی۔ کچھ دیر کے بعد میڈیا کے لوگوں نے اس اسپتال پر دھاوا بول دیا جس اسپتال میں وہ زیر علاج تھا۔

'انسپکٹر باوسکر! لوگوں نے آپ پر حملہ کیوں کیا؟

"کیا یہ اس واقعہ کا ردعمل تو نہیں جس واقعہ میں آپ نے پانچ دلت نوجوانوں کو موت کے گھاٹ اتار دیا تھا؟"

"اس واقعہ کو لیکر نہ صرف پوری ریاست بلکہ سارے ملک میں ہنگامہ اور تشدد پھوٹ پڑا ہے کیا آپ مانتے ہیں یہ سب آپ کی وجہ سے ہو رہا ہے؟"

"کہیں ایسا تو نہیں آپ نے اپنے کو بے قصور اور معصوم ظاہر کرنے کی لئے آپ نے خود اپنے اوپر یہ حملہ کروایا ہو؟"

'کیا جن لوگوں نے آپ پر حملہ کیا وہ دلت کمیونسٹی سے تعلق رکھتے تھے؟

چار پانچ دنوں سے وہ میڈیا کا سامنا کر کے اسی طرح کے ان کے اوٹ پٹانگ سوالوں کا سامنا کر کے ان کے جوابات دینے، اپنی صاف کرنے کی کوشش کر رہا تھا۔

آج جبکہ اس پر قاتلانہ حملہ ہوا تھا، اس کی جان لینے کی کوشش کی گئی تھی تب بھی میڈیا کو اس سے کوئی ہمدردی نہ تھی وہ اسے عوام کے سامنے پانچ دلت نوجوانوں کے قاتل کے طور پر پیش کرنا چاہتے تھے

اس خبر کے ظاہر ہوتے ہی سچ مچ پورے علاقے کیا پوری ریاست میں تشدد پھوٹ پڑا تھا۔

پوری ریاست میں اس واقعہ کی مذمت میں مورچے نکالے گئے تھے پر تشدد مظاہرے کئے گئے تھے سرکاری املاک کو نقصان پہنچایا گیا تھا۔ بسوں کو آگ لگائی گئی تھی۔ پولس اسٹیشنوں پر حملے کر کے انھیں پھونکا گیا تھا اور پولس والوں کو نشانہ بنایا گیا

تھا۔

اس واقعہ کی وجہ سے سرکار اور پوری سرکاری مشنری ہل گئی تھی۔

اپوزیشن کیا حکمراں پارٹی کو بھی خود اس واقعہ کی مذمت کرتے ہوئے خاطیوں کے خلاف کاروائی کرنے کا مطالبہ کرنا پڑا تھا۔

لیکن معاملہ صرف یہاں تک ہی محدود نہیں تھا۔ اور ریاست کے کسی نہ کسی شہر میں کسی نہ کسی دلت تنظیم کی جانب سے بند کا اعلان کیا جاتا اور جو تشدد کا رخ اختیار کر لیتا اس شہر میں لاء اینڈ آرڈر کی صورت حال بگڑ جاتی۔

ہنگاموں میں اور چار پانچ لوگوں کی موتیں ہوگئی تھیں۔

ہنگاموں کے دوران کئی ٹرینوں اور لوکل ٹرینوں کو بھی نشانہ بنایا گیا تھا۔

مرکزی وزراء سے لیکر بڑی بڑی سیاسی پارٹیوں کے بڑے بڑے وزراء تک اس مقام کا دورہ کر چکے تھے جہاں وہ واقعہ پیش آیا تھا۔

ہر کسی کا دورے کے بعد ایک ہی بیان تھا۔

"یہ پولس کی بربریت کی انتہا ہے معصوموں کا خون بہانا پولس کے چہرے پر ایک بد نما داغ ہے۔ تمام خاطیوں کے خلاف فوراً کاروائی کر کے انھیں سخت سے سخت سزا دینا ہی انصاف کا تقاضہ ہے۔ لیکن بڑے شرم کی بات ہے ریاستی حکومت نے خاطیوں کے خلاف ابھی تک کوئی قدم نہیں اٹھایا ہے۔"

اس کے اور اس کے ساتھیوں کے خلاف کیا کاروائی کرے پولس محکمہ کی بھی سمجھ میں نہیں آرہا تھا۔

وہ اوپر سے آئے ہوئے احکامات کی تعمیل کرتے ہوئے احکامات کے مطابق کاروائی کر رہے تھے۔

سب سے پہلے ان لوگوں سے ان کے سرکاری ہتھیار چھین لئے گئے۔

پھر ان کو سختی سے رخصت پر روانہ کر دیا گیا۔

اس معاملے کی چھان بین کرنے کیلئے ان کے خلاف محکمہ جاتی انکوائری کی کاروائی شروع کی گئی۔

لوگوں اور لیڈروں کے دباؤ میں آکر حکومت نے ایک کمیشن کے ذریعے سارے معاملے کی انکوائری کا حکم دے دیا۔

لیکن ساری باتیں اپنی جگہ تھیں۔

پوری ریاست میں جو آگ لگی تھی وہ بجھنے کا نام ہی نہیں لیتی تھی۔ کبھی کسی شہر میں آگ کی لپٹیں اٹھتیں تو کبھی کوئی قصبہ اس کی لپٹ میں آتا۔

لمبی رخصت پر روانہ کیے جانے کے بعد اس نے اپنے آپ کو اپنے گھر تک محدود کر دیا تھا۔

گھر پر ملنے والوں کا تانتا بندھا رہتا تھا۔

جو بھی آتا اس سے ایک ہی بات کہتا تھا۔

"تم نے ایسا کیوں کیا؟ تم اپنی حدوں کو تجاوز کر گئے۔ معصوم لوگوں کا خون بہانے کی کیا ضرورت تھی۔ معصوموں کا خون تو رنگ لائے گا ہی۔ آج تمہاری وجہ سے پوری ریاست میں آگ لگی ہوئی ہے۔"

وہ کس طرح اپنی صفائی پیش کرے اس کی سمجھ میں نہیں آتا تھا۔

اسے صفائی پیش کرنے کی کوئی ضرورت بھی نہیں تھی۔

سارے معاملے ثبوت اور شواہد اس کے خلاف تھے۔

اس کی گولیوں سے ۵ نوجوانوں کی موت ہوئی تھی اور کئی زخمی ہوئے تھے۔ لوگ

اس واقعے کا تعلق جلیان والا باغ سے جوڑ رہے تھے جہاں جنرل ڈائر نے معصوم آزادی کے متوالوں پر گولیاں چلائی تھیں۔

اور وہاں پر پولس نے ایک سیاسی پارٹی کی میٹنگ میں حصہ لے رہے معصوم لوگوں پر گولیاں چلائی تھی۔"

اب وہ لاکھ گلے پھاڑ پھاڑ کر کہتا۔

"وہاں کسی سیاسی پارٹی کے ورکروں کی میٹنگ نہیں ہو رہی تھی"

"وہ شراب کشید کرنے کا ایک ناجائز اڈا تھا۔ اس شراب کشید کرنے کے اس اڈے پر چھاپا مارا تھا وہاں پر اس پر اور اس کے ساتھیوں پر حملہ کیا گیا تھا اس لیے انھوں نے اپنی حفاظت کے لئے شراب کشید کرنے کا ناجائز کام کرنے والے ان لوگوں پر گولیاں چلائی تھیں جنہوں نے ان پر قاتلانہ حملہ کر کے ان جان لینے کی کوشش کی تھی۔"

لیکن کوئی بھی اس کی بات پر یقین کرنے کیلئے تیار نہیں تھا۔ اور تیار ہوتا بھی کیسے۔؟

پولس یا تحقیقاتی ٹیم کو اس مقام سے شراب کشید کرنے کے لیے استعمال ہونے والا کوئی پھوٹا برتن بھی نہیں ملا تھا اور نہ ہی شراب کشید کرنے یا تیار کرنے کے لئے کام آنے والی کئی چیزوں کا کوئی حصہ۔

وہ صاحب راؤ کے کھیت کا ایک حصہ تھا۔

اور صاحب راؤ ایک سیاسی جماعت کا سر گرم رکن تھا۔ بھلا اس کے کھیت میں کس طرح شراب کشید کرنے کا اڈا چل سکتا ہے۔؟ ہو سکتا ہے!

راؤ صاحب نے اپنے بیان میں کہا تھا۔ 'پولس اپنے گھناؤنے جرم پر پردہ ڈالنے کے لئے یہ کہانی گڑھ رہی ہے کہ اس جگہ ناجائز شراب کشید کی جاتی تھی۔ اور جن کو انھوں نے موت کے گھاٹ اتارا ہے وہ ناجائز شراب کشید کرنے کا کام کرتے تھے۔ اور کیونکہ یہ

کام میرے کھیت میں ہوتا تھا اس لئے میرا تعلق اس ناجائز شراب کشید کرنے کے اڈے سے ہے۔ یہ مجھے بدنام کرنے کی سازش ہے۔ میرے سیاسی رسوخ کو زک پہونچانے کے لئے تیار کیا گیا گھناؤنا منصوبہ !اصلیت تو یہ ہے گاؤں کے ایک دلت پارٹی سے تعلق رکھنے والے کچھ نوجوان اپنی پارٹی کی میٹنگ لینا چاہتے تھے اس کے لئے میں نے وہ جگہ ان کو دی تھی ان کی میٹنگ وہاں جاری تھی کہ پولس آئی اور وہ ان پر جانوروں کی طرح ٹوٹ پڑی اور ان پر گولیوں کی بوچھار کر کے معصوموں کے خون سے ہولی کھیلنے لگی۔ آخر خاک اور خون کے اس کھیل میں پانچ معصوم نوجوان مارے گئے اور پولس کی گولیوں کا شکار کئی نوجوان آج بھی اسپتال میں زیر علاج ہیں۔

لیکن معاملہ بالکل اس کے برعکس تھا یہ صرف وہ جانتا تھا اور پولس کے چند اعلیٰ عہد داران۔

صاحب راؤ بھلے ہی سفید پوش بن کر پھرتا ہو اس کا ایک سیاسی پارٹی سے تعلق ہو۔ اس سیاسی پارٹی میں اس کا بہت اثر و رسوخ ہو۔

اصل میں وہ ناجائز شراب کشید کرنے کا غیر قانونی ناجائز دھندہ کرتا تھا۔

صاحب راؤ کا ناجائز شراب کا کاروبار اتنا بڑھ گیا تھا کہ وہ اپنی غیر قانونی شراب پورے ضلع میں سپلائی کرنے لگا تھا۔

پولس نے جہاں جہاں بھی ناجائز شراب فروخت کرنے والوں پر چھاپہ مار کر شراب ضبط کی اور شراب فروخت کرنے والوں کو گرفتار کیا تھا۔

ان سے پوچھ تاچھ پر انھوں نے یہی جواب دیا تھا کہ یہ شراب انھیں صاحب راؤ کے آدمی سپلائی کرتے ہیں۔

لیکن ان کے پاس نہ تو صاحب راؤ کے خلاف کوئی ثبوت تھے اور نہ ہی وہ صاحب

راؤ جیسے رسوخ والے آدمی پر اس معاملے میں ملوث ہونے کے جرم میں ہاتھ ڈالنے کی ہمت کر سکتے تھے۔

آخر کیا کیا جائے؟اس معاملے میں کئی میٹنگیں ہوئیں۔

ایسے وقت میں وہ آگے آیا اور اسنے اپنی خدمات پیش کیں۔

مجھے اجازت دی جائے کہ میں اپنے ساتھیوں کے ساتھ صاحب راؤ کے شراب کشید کرنے کے اڈے پر چھاپہ ماروں اور اسے تمام ثبوتوں کے ساتھ رنگے ہاتھوں گرفتار کروں۔

اسے اس کاروائی کی اجازت دے دی گئی۔

اس نے اپنے مخبروں کے ذریعے سب پتا لگایا تھا کہ صاحب راؤ کی شراب کشید کرنے کی ناجائز بھٹی کہاں پر ہے۔وہاں کتنے لوگ کام کرتے ہیں؟انکے نام کیا کیا ہیں؟وہ کہاں کے رہنے والے ہیں؟وہاں کیا کیا سامان ہے؟چھاپے میں انہیں کیا کیا ثبوت اور سامان مل سکتے ہیں۔

صاحب راؤ کے ناجائز شراب کشید کرنے کے اڈے پر انہیں اسی صورت حال کا سامنا کرنا جس صورت حال کا سامنا انھیں اس طرح کے چھاپوں کے دوران کرنا پڑتا۔

چھاپہ مارنے پر شراب کشید کرنے کا کام کرنے والے یا تو بھاگ کھڑے ہوتے یا پھر پولس پر حملہ کر دیتے تھے۔

صاحب راؤ کے آدمیوں نے بھی چھاپہ مارنے والی پولس کی پارٹی پر حملہ کر دیا۔

ایک آدمی نے پولس والوں کو اس بری طرح دبوچ لیا تھا کہ اگر فوراً کوئی کاروائی نہ کی گئی تو پولس والوں کی جانیں جاسکتی تھیں

کاروائی کو مؤثر بنانے کے لئے اور اپنے ساتھیوں کی جان بچانے کے لئے اس نے

گولی چلانے کا حکم دے دیا۔

اس کی پستول بھی گولیاں اگلنے لگیں۔

اس کا نتیجہ یہ نکلا کہ جو خطرہ پولس پارٹی کے سروں پر چھا گیا تھا وہ ٹل گیا۔ حملہ کرنے والے یا تو بری طرح زخمی ہوئے یا پھر بھاگ کھڑے ہوئے۔

گولیوں اور چیخوں کی آواز گاؤں اور صاحب راؤ تک پہونچی۔ تھوڑی ہی دیر میں پورا گاؤں صاحب راؤ کے کھیت پر جمع ہو گیا۔ 'انسپکٹر صاحب! یہ کیا ہو رہا ہے ؟

'تم یہاں پر ناجائز شراب کشید کرتے ہو۔ میں تمہیں تمھارے ساتھیوں کے ساتھ گرفتار کرتا ہوں۔"

وہ غرا کر بولا۔

"کہاں ہے شراب کی بھٹی ؟ شراب کشید کرنے کا سامان ؟ انسپکٹر تم پاگل تو نہیں ہو گئے ؟ مجھ پر الزام لگا رہے ہو۔۔ ان معصوم لوگوں پر الزام لگا رہے ہو کہ یہ یہاں ناجائز شراب کشید کرنے کا کام کرتے ہیں۔ ارے یہ معصوم تو یہاں اپنی پارٹی کی میٹنگ لے رہے تھے جن کو تم نے اپنی گولیوں کا نشانہ بنایا ہے۔ صاحب راؤ چلا کر بولا۔

صاحب راؤ کی بات سن کر وہ سناٹے میں آ گیا۔

اس نے چاروں طرف نظریں دوڑائیں تو اس کے پیروں تلے زمین کھسک گئی۔

سچ مچ وہاں ایسا کچھ بھی نہیں تھا جس کی بنیاد پر وہ ثابت کرتا کہ یہاں شراب کشید کرنے کا ناجائز کاروبار ہوتا ہے۔

اور آگ بھڑک اٹھی۔

میڈیا والوں نے گاؤں پر حملہ بول دیا۔ ہر گاؤں والے اور صاحب راؤ نے میڈیا والوں کو پولس کے ظلم کی کہانی سنائی۔

اور اس واقعہ کی مذمت میں ساری ریاست سلگ اٹھی۔

اب پولس کس طرح لوگوں کو یقین دلائے کہ کیا معاملہ تھا۔ صاحب راؤ چال چل گیا تھا۔

اس کے کسی مخبر نے اسے خبر دے دی تھی کہ اس جگہ اسے ثبوتوں کے ساتھ گرفتار کرنے کے لئے پولس چھاپہ مارنے والی ہے۔

اس نے اس جگہ سے اسکے خلاف استعمال ہونے والا آخری ثبوت بھی ہٹا دیا تھا۔

اور اپنے آدمیوں سے کہہ دیا تھا کہ جیسے ہی پولس آئے ان پر حملہ کر دے۔

پولس کی گولیوں سے مرنے والے زیادہ تر دلت تھے۔ اور زخمی ہونے والے بھی دلت ہی تھے جو صاحب راؤ کی شراب کی بھٹی میں کام کرتے تھے۔

صاحب راؤ نے بڑی آسانی سے اسے دلتوں پر مظالم کا رخ دیکر آگ بھڑکا دی تھی۔ اور الزام اس پر آیا تھا۔ اس نے یہ آگ لگائی ہے۔

***

بیٹا ایک کہانی سنو

بہت پرانی کتاب تھی۔

بچوں کی کہانیوں کی کتاب! کتاب میں شامل کہانیاں اتنی دلچسپ تھیں کہ وہ ایک دو تین کہانیاں پڑھتا گیا۔

ہر کہانی کو پڑھنے کے بعد اس پر غور کرتا۔ اس کہانی میں کردار سازی کے پہلو تلاش کرتا۔ اس میں نصیحت کا عنصر تلاش کرتا۔ دونوں چیزیں تلاش کرنے کی کوئی ضرورت نہیں تھی۔ دونوں ان میں موجود تھے۔ اور دلچسپی تو جیسے کوٹ کوٹ کر بھری ہوئی تھی۔ قارئین اگر پہلی سطر پڑھتے تو پوری کہانی پڑھے بنا چین نہیں پائے۔

تین کہانیاں پڑھ لینے کو بعد اسے اپنی بیوقوفی پر ہنسی آئی۔

"وہ بے وقوف بچوں کی کہانیاں پڑھ رہا ہے؟ کیا اس کی عمر بچوں کی کہانیاں پڑھنے کی ہے؟ اب وہ بچوں کی کہانیاں پڑھنے کی عمر میں نہیں بچوں کو کہانیاں سنانے کی عمر میں قدم رکھ چکا ہے۔"

"بچوں کو کہانیاں سنانے کی عمر؟" اپنی ہی سوچی بات پر وہ پھر کسی گہری سوچ میں ڈوب گیا۔

'سچ مچ یہ میری بچوں کو کہانیاں سنانے کی عمر ہے۔ اس عمر میں میرے والد، دادا، چاچا، نانا، نانی، دادی، چاچی اماں وغیرہ مجھے کہانیاں سناتے تھے۔ جب میں بچہ تھا۔ میرے پاس کہانیوں کا خزانہ ہے یہ کہانیاں میں نے بچپن میں اپنے والد، دادا، دادی، نانی س چاچا

وغیرہ سے سنی تھیں۔ اس عمر تک ہزاروں کتابیں پڑھیں۔ ان کتابوں میں ایسی کئی کہانیاں تھیں جو میرے ذہن پر نقش ہو کر رہ گئیں۔ جو مجھے یاد ہے۔ میں وہ کہانیاں بچوں کو سنانا چاہتا ہوں۔ چاہتا ہوں کہ بچے میرے پاس آئے اور مجھ سے کہانی سنانے کی فرمائش کرے۔ جس طرح بچپن میں وہ اپنے بزرگوں سے کہانیاں سنانے کی فرمائش کر تھاضد کرتا تھا۔ "

اور ان سے ایک کے بعد ایک کئی کہانیاں سنتا جاتا تھا۔ یہاں تک کہ ان کی کہانیوں کا ذخیرہ ختم ہو جاتا تھا۔ لیکن میری کہانیاں سننے کی پیاس نہیں بجھتی تھی۔۔

لیکن زمانہ بدل گیا ہے۔

جب وہ اپنے بزرگوں سے کہانی نہ سن پاتا تھا تو وہ انسے ناراض ہو جتا تھا۔ روٹھ جاتا تھا۔ اور غصے میں اپنی ناراضگی اظہار کرنے کے لئے رونے لگتا تھا۔

اسے روتا دیکھ کر ہر کسی کا دل پسیج جاتا تھا۔ اور وہ اسے پیار سے اپنے قریب کرتے ہوئے کہتے تھے۔

'نہیں میرے بچے ناراض کیوں ہوتے ہو! تم کہانی سننا چاہتے ہو نا۔ تو لو! میں ابھی تمھیں کہانی سناتا ہوں۔ "

'نہیں سننی ہے مجھے کہانی۔ "غصے سے روتا وہ چیخ اٹھتا تھا۔

"نہیں بیٹے اس طرح ضد نہیں کرتے۔ ہاں تو سنو کہانی۔۔ "

اور اس کے بزرگ کہانی شروع کر دیتے تھے۔ اور کہانی کی پہلی سطر کے ساتھ ہی اس کا غصہ غائب ہو جاتا تھا اور وہ ہمہ تن گوش ہو کر کہانی سننے لگتا تھا۔

ان کہانیوں میں ایسا جادو تھا کہ ان کو بار بار سننے کو دل چاہتا تھا۔

اس کے بزرگ اسے جو بھی کہانیاں سناتے تھے وہ تمام کہانیاں اس نے پہلے سے سن

رکھی ہوتی تھی۔۔اسے یاد ہوتی تھی۔

لیکن پھر بھی اس کا دل ان کہانیوں کو سننے کو بار بار چاہتا تھا۔

اور وہ اپنے بزرگوں سے فرمائش کر کے کہانیاں سنتا تھا۔

'لال پری اور لنگڑے دیو کی کہانی سنایئے۔

'کسان کے سات بیٹوں کی کہانی سنایئے!

لالچی لکڑہارے کی کہانی سنایئے!

لیکن آج جب وہ کہانیاں سنانے کی عمر میں داخل ہو چکا تھا تو کوئی بھی اس سے کہانی سننے کو تیار نہیں تھا۔ نہ تو اس کا بیٹا اس سے کہانی کی فرمائش کرتا تھا نہ اس کے بھائی کے بچے، نہ پڑوسیوں، محلے کے بچوں نے کبھی اس سے کوئی کہانی سنانے کی فرمائش کی تھی۔۔

ایسا محسوس ہوتا تھا جیسے اس زمانے کے بچوں کو کہانیاں سننے میں کوئی دلچسپی نہیں ہے۔

رات میں سوتے وقت وہ اپنی ماؤں سے نہ تو کہانیاں سنانے کی فرمائش کرتے ہیں اور نہ ہی لوریاں سنانے کی۔ مائیں جیسے لوریاں بھول گئی ہیں۔ اور یہ بھی بھول گئی ہے بچپن میں ان کی مائیں انھیں لوریاں گا کر سلایا کرتی تھیں۔ اور وہ سب لوریاں انھیں یاد ہو گئے ی تھیں اپنے بچوں کو سلانے کے لیے کیونکہ یہ سرمایہ تو سینہ در سینہ منتقل ہوتا ہے۔۔

لیکن ان کو اپنے بچوں کو لوریاں سنانے کی نوبت ہی نہیں آتی ہے۔

بچے ٹی وی پر یا میوزک سسٹم پر پاپ راک کے بے ہنگم گانے سنتے انھیں گنگناتے خود ہی سو جاتے ہیں۔

اس کے اندر سینکڑوں کہانیاں ہیں وہ کہانیاں باہر آنے کے لئے مچل رہی ہیں اس کا

ذہن ان کہانیوں کو سنانے کے لیے الفاظ کا انتخاب کر چکا ہے۔

اس کا گلا ان الفاظ کی ادائیگی کے لئے آواز اور سروں کا انتخاب کر چکا ہے۔ اس کے ہونٹ ان کہانیوں کے الفاظ کو بیان کرنے کے لیے کونسی شکلیں ہونٹوں کو دی جائیں اس طے کر چکے ہیں۔

لیکن پھر بھی کوئی بھی کہانی اس کے اندر سے باہر نہیں آتی ہے۔

ابھی کل کی بات ہے اسنے اپنے ۸ سالہ بیٹے سے کہا۔

'بیٹا آؤ تمھیں ایک کہانی سناتا ہوں۔

'کہانی! یہ کیا ہوتی ہے ڈیڈی۔

'تم کہانی نہیں جانتے؟

"نہیں ڈیڈی!"

ارے وہی جو تمھاری کتابوں میں ہوتی ہے۔ لالچی کتا، خرگوش اور شیر، بندر اور مگر مچھ۔۔۔"

'لیکن ڈیڈی وہ کہانیاں کہاں ہیں۔۔ وہ تو اسباق ہیں۔۔"

بیٹے کی بات سن کر وہ پریشان ہو گیا۔ اب اسے وہ کس طرح بتائے کہ کہانی کیا ہوتی ہے۔

"ٹھیک ہے بیٹے! اگر وہ اسباق ہیں تو ایک نیا سبق ہی سن لو۔۔"

'نو ڈیڈی نہیں۔۔ بیٹا ہاتھ جوڑ کر بولا "مجھے پہلے ہی اسکول میں اتنی کتابیں اور اسباق پڑھنے پڑھتے ہیں کہ مجھ میں ایک اور سبق سننے کی طاقت نہیں ہے۔"

اور وہ ایک لمحہ بھی اسکے سامنے نہیں رکا بھاگ کھڑا ہوا۔

اس کے اندر سے جو کہانی باہر نکلنے کے لئے بیتاب تھی اسے اپنے ہاتھوں سے اس کا

گلا گھونٹنا پڑا۔

کئی بار وہ اپنے بیٹے کو کہانی سنانے کی اس طرح کی کوشش کر چکا تھا۔

'ڈیڈی! آپ نے ٹی وی پر دیکھا۔ سند باد کی کہانی دلچسپ موڑ پر پہونچ گئی ہے۔" اس دن بیٹے نے اس سے کہا تھا۔

'سند باد کی کہانی تو مجھ اچھی طرح یاد ہے۔ بچپن میں میرے دادا مجھے یہ کہانی سنایا کرتے تھے۔ پھر جب میں اسکول جانے لگا تو میں نے یہ پوری کہانی "الف لیلہ" میں پڑھی تھی۔ الف لیلہ بڑی دلچسپ کتاب ہے۔ اس میں ہزاروں دلچسپ کہانیاں شامل ہیں۔۔"

"تو ڈیڈی بتایئے نا! کیا سند باد جادو گرنی کو ختم کر دے گا؟ اس کے بیٹے نے اس سے پوچھا۔

"سند باد کی کہانی میں جادو گرنی۔۔۔ اسے حیرت ہوئی لیکن مجھے جو سند باد کی کہانی یاد ہے۔ میں نے جو سند باد کی کہانی پڑھی اس میں تو کسی جادو گرنی کا ذکر نہیں ہے؟"

"لیکن ٹی وی پر تو جو سند باد کی کہانی بتائی جارہی ہے وہ ایک جادو گرنی کے گرد گھومتی ہے۔"

"ٹی وی کی کہانی اور الف لیلہ کی کہانی ایک دوسرے سے جدا ہیں۔۔۔"

"مجھے تو ٹی وی والا سند باد پسند ہے۔۔" بیٹا بولا۔۔ "مجھے کتاب میں کہانی پڑھنے یا کہانی سننے میں مزہ نہیں آتا ہے۔ جو کچھ کہانی میں بیان کیا جاتا ہے اسے سوچ کر تصور کی آنکھ سے دیکھنا پڑتا ہے۔ لیکن ٹی وی تو ہر چیز اس طرح پیش کی جاتی ہے جیسے سارے واقعات آنکھوں کے سامنے ہو رہے ہیں۔

بیٹے کی بات سن کر وہ بے بسی سے اس کی طرف دیکھنے لگا۔

وہ یہ طے کر نہیں پا رہا تھا کہ کتابوں میں شائع دلچسپ کہانیوں پڑھ کر دل بہلانا مفید

ہے یا۔ ٹی وی کے رنگین پردے پر خوبصورت مناظر، دلکش موسیقی اور دل کو لبھانے والے چہروں کی اداکاری کے ذریعے پیش کی جانے والی کہانی دیکھنا۔

بیٹا اس کی ماں پڑوس کی ایک دو عورتیں دیر رات تک ٹی وی کے سیریل دیکھتے رہتے ہیں۔ اور وہ بیزار سا اپنے کمرے میں جلد سو جاتا ہے یا کتابیں اخبارات پڑھ کر اپنا وقت کاٹتا ہے۔

بیوی ٹی وی سیریل کی اداکاراؤں کے ملبوسات کو غور سے دیکھ کر ان کے ڈیزائن اپنی کاپی میں نقل کرتی ہے اور دوسرے دن پڑوس کی عورتوں سے ان ملبوسات ان کی قیمت ان کے میٹریل وغیرہ پر زوردار بحث کرتی ہے۔

اور لڑکا اکثر ایم ٹی وی یا چینل وی جیسے میوزک چینل لگا کر ان کے بے ہنگم دھنوں پر تھرکتا رہتا ہے۔

کبھی کارٹون کے چینل دیکھ کر کارٹون کے کردار پو کے مان وغیرہ سے کھیلتا ہے تو کبھی اس سے کارٹون کے کھلونے بے بیلٹ لانے کے لئے ضد کرتا ہے۔ اور ان کھلونوں کے مل جانے کے بعد پڑوس کے بچوں کے ساتھ اسی انداز میں وہ ان کھلونوں کے ساتھ کھیلتا ہے جس انداز میں کارٹون چینل کے کارٹون سیریل میں بتایا گیا ہے۔

وہ چاہتا ہے کہ اس کا بیٹا ڈسکوری چینل دیکھے۔ نیشنل جوگرافک چینل باقاعدگی سے دیکھے لیکن چینل سرچ کرتے ہوئے جب بھی ٹی وی کے پردے پر یہ چینل ابھرتے ہیں وہ تیزی سے آگے بڑھ جاتا ہے۔

ہاں وہ ڈبلیو ڈبلیو ایف باقاعدگی سے دیکھتا ہے۔

اکثر اس پروگرام کے لئے ماں اور بیٹے میں جنگ ہو جاتی ہے۔ کیونکہ ٹین اسپورٹس یا کسی اور چینل پر جب بھی یہ پروگرام آ رہا ہوتا ہے اسی وقت دیگر چینلس پر خواتین کے

لیے بھی دلچسپ پروگرام آرہے ہوتے ہیں۔ اس کی بیوی اور گھر میں جمع دوسری عورتیں ان پروگرام کو دیکھنا چاہتی ہیں لیکن بیٹاڈبلیوڈبلیو ایف دیکھنے کے لے ضد کرتا ہے۔

اور اس بات پر ماں بیٹے میں جنگ ہو جاتی ہے اور ماں بیٹے کو دو تین تھپڑ جڑ دیتی ہے۔

آخر میں دونوں میں سمجھوتہ اس بات پر ہوتا ہے کہ بریک کے دوران بیٹاڈبلیوڈبلیو ایف دیکھے گا اور عورتیں سیریل۔۔

اس نے اپنے بیٹے کو اکثر اپنے ساتھیوں کے ساتھ ڈبلیوڈبلیو ایف کے پہلوانوں کے اسٹائل میں لڑتے دیکھا ہے۔

وہ کسی پر ہاتھ بھی ان پہلوانوں کے انداز میں اٹھاتا تھا۔ یہاں تک اس نے اکثر دیکھا تھا اس کا بیٹا پلنگ کے تکیے کے ساتھ ریسلنگ کر رہا ہے۔

وہ تکیوں کو کسی مد مقابل پہلوان کی طرح پکڑ کر اس کے ساتھ مد مقابل پہلوان کی طرح حرکتیں کرتا۔ تکیے کو بار بار زمین پر یا پلنگ پر پٹکتا ہے اوڈبلیوڈبلیو ایف کے پہلوانوں کی طرح منہ سے آوازیں نکالتا ہے اور کبھی کبھی تو عجیب و غریب الفاظ اور آواز میں ڈبلیو ڈبلیو ایف کے کامینٹیٹروں کی طرح کامینٹری کرنے لگتا ہے پھر بھلا اسے کہانیوں میں کیا دلچسپی ہو سکتی ہے۔ ایک دوبار اس نے بچے میں پڑھنے کا شوق جگانے کے لیے ٹی وی کے کرداروں پر مبنی کامکس لا کر دیں۔

کہ اس طرح اس میں پڑھنے کا شوق جاگے گا۔ پاروپاس گرلز، اسپائڈر میں پوپائی وغیرہ کے کرداروں پر جو بھی کامکس کی کتاب ملی وہ لے آیا اور لا کر اسنے بیٹے کو دیا۔

"دیکھو بیٹا میں نے تمھارے پسندیدہ کارٹون کے کرداروں پر مبنی کامکس لائی ہیں۔ انھیں پڑھو تمھیں بڑا مزہ آئے گا۔۔"

اسے پورا یقین تھا جب اس کا بیٹا یہ کامکس پڑھے گا تو اس میں پڑھنے کا شوق جاگے گا اور اس کے پاس جو ڈھیر ساری کتابیں ہیں ایک دن وہ ان کتابوں کے ڈھیر میں اپنی پسند کی کتابیں تلاش کرے گا اور انھیں پڑھے گا۔ اور اس کی ان کتابوں فین بن جائے گا۔۔

لیکن ایسا کچھ بھی نہیں ہوا تھا۔

بیٹا مشکل سے ایک آدھ کامکس کی کتاب پوری پڑھ پایا تھا۔

اس نے جب بیٹے سے پوچھا تھا۔

'بیٹا! میری لائی ہوئی کامکس کی کتابیں پڑھیں ؟"

نہیں ڈیڈ!

'مگر کیوں۔۔؟

'بہت بور کام ہے۔ ان بور کتابوں کو پڑھنا بہت بور کام ہے۔ اس سے تو اچھا ہے ٹی وی پر ان کرداروں پر مبنی سیریل اور کارٹون فلمیں دیکھی جائے۔۔۔

اسے اس بات کا بہت دکھ ہوتا تھا کہ اس کے بچے کو پڑھنے میں دلچسپی نہیں ہے۔

لیکن جب وہ اپنے بیٹے کے روز کے معمولات کو دیکھتا تو اسے محسوس ہوتا بچے پر پڑھائی اتنا بوجھ ہے کہ وہ دوسری کتابیں پڑھنے کے لیے وقت ہی نہیں نکال پاتا ہے۔

سویرے اسکول جاتا ہے دوپہر میں دو جگہ ٹیوشن، کھیلنے کے لئے اسے مشکل سے ایک گھنٹہ مل پاتا ہے۔ پھر ہوم ورک کرنے میں لگ جاتا ہے۔ اور باقی تھوڑا سا وقت مل گیا تو اس میں ٹی وی نہیں دیکھے گا تو کیا کریگا۔؟

اس کے پاس پڑھنے کے لئے وقت کہاں ہے۔

یہی کیا کم تھا کہ پڑوسی کمپیوٹر لے آیا۔

اب اس کے بیٹے کا زیادہ تو وقت پڑوسی کے کمپیوٹر پر گزرنے لگا۔

وہ پڑوس کے لڑکے کے ساتھ کمپیوٹر گیم کھیلنے لگا۔

وہ کمپیوٹر پر گیم کھیلنے میں اتنا کھو جاتا تھا کہ اسے کسی بھی بات کی سدھ نہیں ہوتی تھی۔ نہ کھانے کی نہ پینے کی اور نہ کسے اور بات کی۔

کمپیوٹر سے اٹھانے پر وہ اٹھانے والے کے ساتھ جھگڑا کرنے لگتا یا پھر آ کر اس سے ضد کرنے لگتا۔

'ڈیڈی مجھے بھی کمپیوٹر لا کر دیجئے نا۔۔"

کمپیوٹر خریدنے کے وہ بھی خلاف نہیں تھا۔ اسے کمپیوٹر گھر لانے میں کوئی اعتراض نہیں تھا۔ لیکن بیوی اس کے بے حد خلاف تھی۔

'اس گھر میں کمپیوٹر نہیں آئے گا۔ اگر گھر میں کمپیوٹر آ گیا ر و یہ لڑکا پڑھنا لکھنا چھوڑ کر رات دن کمپیوٹر گیمس کھیلنے میں مصروف رہے گا۔ اس کی پڑھائی کا نقصان ہو گا۔۔"

اس لیے کمپیوٹر گھر تو نہیں آ سکا لیکن اسے محسوس ہوا گھر میں کمپیوٹر کے بجائے اس سے خطرناک ایک چیز آ گئی ہے۔

اس کا سیل فون۔

اس کے پاس ایک اچھا موبائل فون تھا۔ وہ جب بھی گھر آتا تھا اور اس کا بیٹا گھر میں ہوتا تھا۔ تو جھپٹ کر اس کا موبائل لیتا تھا اور اس کے موبائل میں گیمس کھیلنے لگتا تھا۔ اس کے موبائل میں کتنے گیم ہیں۔ اور ان کو کس طرح کھیلا جاتا ہے اسے اس بات کا علم نہیں تھا لیکن اسے اس بات کا علم تھا اس کا بیٹا آئے دن موبائل سروس دینے والوں کی ویب سائٹ یا دیگر ویب سائٹ سے نئے گیم ڈاؤن لوڈ کر کے انھیں کھیلتا تھا جس کی وجہ سے اکثر اسکے سیل فون کا بیلنس کم ہو جاتا تھا۔

ان کی بڑی عجیب زندگی تھی۔

ایک چھت کے نیچے وہ رہتے تھے۔ لیکن ہر کسی کی الگ دنیا تھی۔

وہ ایک دوسرے کے لیے لازم وملزوم تھے لیکن ان کے خیالات کہیں بھی ایک دوسرے سے نہیں ملتے تھے۔

بیٹے کی اپنی الگ دنیا تھی۔ وہ جو حرکتیں اور باتیں کرتا تھا اسے وہ ایک آنکھ نہیں بھاتی تھیں۔

بیوی کی الگ دنیا تھی۔ ٹی وی کے سیریل، کپڑے، زیورات سیر سپاٹا سہیلیاں وغیرہ۔

اور اس کی ایک الگ دنیا تھی۔

اصول، آدرش، روایتوں، علم ریاضت کی دنیا۔

ان کا بیوی اور بیٹے کی زندگی میں کوئی مقام نہیں تھا۔

لیکن پھر بھی وہ ایک گھر میں ایک چھت کے نیچے جی رہے تھے۔

سمجھوتے کر کر کے، یا ایک دوسرے سے بالکل لاتعلق سے ہو کر ایک دوسرے کے جذبات، احساسات، خیالات کو بنا سمجھے۔

وہ جب بھی بیٹے سے کہتا۔

"بیٹا ایک کہانی سنو۔"

بیٹا جواب دیتا تھا۔

'ڈیڈی میرے پاس کہانی سننے کے لیے وقت نہیں ہے۔ مجھے کہانی سننے میں کوئی دلچسپی نہیں ہے۔۔ مجھے کہانی سننے میں مزہ نہیں آتا ہے۔۔۔"

تو اسے محسوس ہوتا جس کام میں اس کے بیٹے کو کوئی دلچسپی نہیں ہے۔ اسے اس پر

وہ کام کرنے کے لیے زور ڈالنا نہیں چاہئے۔

کہانی دکھانے کا کام ٹی وی، ویڈیو، کمپیوٹر، موبائل کر رہے ہیں۔ تو انھیں اپنا کام کرنے دینا چاہئے آج کے دور میں جب وہ دادا، دادی، نانا، نانی،، چاچا، چاچی بن گئے ہیں اور بچوں کو کہانیاں سنانے کے بجائے دکھا رہے ہیں۔

تو اسے، اس جیسے انسانوں کو بزرگ بننے کی کیا ضرورت؟

بزرگوں کا کام شاید مشینوں کو سونپا جا چکا ہے۔

* * *

بلیک آؤٹ

۲۴ گھنٹوں سے زائد ہو گئے تھے بجلی نہیں آئی تھی اور دن بھر جو اطلاعات ملتی رہی تھیں ان سے تو یہ محسوس ہوتا تھا کہ ابھی اور شاید ۲۴ گھنٹے بجلی نہ آئے۔

۲۴ گھنٹے کس طرح گزریں گے سوچ سوچ کر کلیجہ منہ کو آتا تھا۔ ۲۴ گھنٹے تو گزر گئے لیکن کس طرح گزرے اس کی روداد جیسے صدیوں پر محیط تھی۔

شام چھ بجے جب اندھیرا دھیرے دھیرے چاروں طرف پھیلنے لگا تھا اچانک بجلی چلی گئی تو کسی نے بھی اس جانب توجہ نہیں دی۔ کسی بھی وقت چلا جانا اور کسی بھی وقت وارد ہونا بجلی کا معمول تھا۔ اس لئے بجلی کے چلے جانے پر کسی نے توجہ نہیں دی۔ سب کو اطمینان تھا ایک دو گھنٹے میں آجائے گی کیونکہ لوڈ شیڈنگ کا نام پر محکمہ دن میں سات گھنٹے بجلی بند رکھ کر اپنا کوٹا پورا کر چکا تھا۔

وہ صرف یہی دعا مانگ رہی تھی کہ بجلی آٹھ بجے آجائے تو بہتر ہے آٹھ بجے پانی آتا ہے۔ ٹانکی پوری خالی ہے۔ اگر آٹھ بجے کے بعد آئی تو پانی نہیں ملے گا اور ۲۴ گھنٹے پانی کی پریشانی جھیلنی پڑے گی۔

لیکن ۸ تو بجا مگر جب ۱۰ بھی بج گئے تو اس کے چہرے پر ہوائیاں اڑنے لگیں اور چہروں پر پریشانیوں نے ایک جال بننا شروع کر دیا۔

اب تو پانی ملنے سے رہا۔ گھر میں پانی نہیں ہے۔ اگر اس وقت بجلی آ بھی گئی تو سویرے ۷ بجے جب پانی آتا ہے پھر چلی جائے گی اور سویرے بھی پانی نہیں مل سکے گا۔

اس طرح بن پانی کے سارا دن کس طرح گزرے گا؟ ایک سوال پریشان کرنے لگا۔

راجو کے دسویں کے امتحانات چل رہے تھے۔ وہ آٹھ بجے کے قریب ٹیوشن سے واپس آیا تھا اس کا ارادہ تھا کھانا کھانے کے بعد وہ دو تین گھنٹہ اسے لیکر بیٹھے گی اور اس کے پورشن کا ایک بار پھر اعادہ کرادے گی۔

دو دنوں سے یہ معمول چل رہا تھا۔ راجو ایک بار پورا پورشن ختم کرلیتا تو اس کے دل کو بھی اطمینان ہو جا اور راجو بھی خوش ہو جاتا اس سے اس کو کافی فائدہ پہونچ رہا تھا وہ اچھی طرح امتحان میں جوابات لکھ رہا تھا۔ ٹیوشن میں بھی یہی ہوتا ہے لیکن اسے ٹیوشن پر اطمینان نہیں تھا۔

جب تک راجو اس کے سامنے ممکنہ سوالات کے اچھی طرح جوابات نہیں دے دیتا تھا اسے اطمینان نہیں ہوتا تھا۔ اس طرح سے ایک طرح سے راجو کا امتحان بھی ہو جاتا تھا کہ اس پرچے میں وہ کتنا پانی میں ہے اور کس طرح پرچہ لکھ کر کتنے مارکس حاصل کر پائے گا۔

لیکن بجلی کے چلے جانے سے سب کچھ گڑ بڑا گیا تھا۔

منی کر کر کر رہی تھی۔

"ممی مجھے ہوم ورک کرنا ہے! پاور کب آئے گی؟ میں نے ہوم ورک نہیں کیا تو ٹیچر مارے گی۔

"پاور آجانے کے بعد ہوم ورک کرلینا۔ اس نے منی کو سمجھایا سنتوش آٹھ بجے کے قریب آیا تو پسینے میں شرابور تھا۔

"پوئے شہر میں کہیں بھی پاور نہیں ہے۔ ایک ساتھ پورے شہر کی پاور مشکل سے جاتی ہے۔ لگتا ہے کوئی بہت بڑا فالٹ ہوا ہے۔ پاور جلدی نہیں آئے گی۔"

سنتوش کی بات پر اس نے کلیجہ تھام لیا تھا۔

'ایسامت کہو۔۔ راجو کے امتحانات ہے۔ گھر میں پانی کا ایک قطرہ نہیں ہے۔ گرمی کا موسم ہے۔ سخت گرمی پڑ رہی ہے۔ مچھروں کی بہتات ہے۔ اگر پاور رات بھر نہیں آئی تو ہم کس طرح رہ پائیں گے۔؟"

'میں سچ کہہ رہا ہوں یا جھوٹ معلوم ہو جائے گا۔"سنتوش مسکرا کر بولا۔ راجو اور سنتوش کے آنے کے بعد اس نے طے کیا بنا پاور کے آنے کی راہ دیکھے رات کے کھانے سے فارغ ہو جانا چاہیے۔

اس نے سب کو حکم دیا۔ ہاتھ منہ دھو کر کچن میں آئیں۔ رات کا کھانا کھا لیتے ہیں۔

بتی کی روشنی میں انھوں نے کھانا کھایا۔ بچے ڈرائنگ روم میں باپ کے ساتھ باتوں میں لگ گئے وہ جھوٹے برتن دھونے لگی۔

ان سے فارغ ہوئی تو ساڑھے نو بج گئے تھے۔

"ممی پاور کب آئے گی؟ مجھے ہوم ورک کرنا ہے۔ اسے ڈرائینگ روم میں آتے دیکھ کر منی پھر سے کہہ اٹھی۔

"پاور آجائے تو ہوم ورک کر لینا ورنہ چپ چاپ سو جانا میں سویرے جلدی اٹھا دوں گی۔ جلدی اٹھ کر ہوم ورک کر لینا اور اسکول چلی جانا" اس نے منی کو سمجھایا تو اس کی سمجھ میں آگیا۔

'آج ورلڈ کپ کا بہت اہم میچ تھا۔ پاور نہیں آئے گا تو میچ کس طرح دیکھ سکوں گا۔ "سنتوش بڑبڑایا۔"

تمہیں تو صرف کرکٹ کے علاوہ کچھ سوجھتا ہی نہیں ہے۔ وہ سنتوش پر بھڑک اٹھی'اس بات کا بھی ذرا بھی احساس نہیں ہے کہ بچے کے دسویں کے امتحانات چل رہے

ہیں۔۔"

'کوئی بات نہیں کم سے کم اسکور تو معلوم کر لیتا ہوں۔' کہتے ور اپنے ایک دوسرے شہر کے دوست کو موبائل لگانے لگا۔

'اجے۔یار ہمارے شہر میں بجلی نہیں ہے۔اسکور کیا ہوا بتاؤ گے ؟"

ممی! آج ریوزن نہیں کرنا ہے ؟ راجو نے اسے ٹوکا۔

"کرنا ہے۔"

"لیکن موم بتی میں۔'اور کوئی راستہ بھی نہیں ہے۔اس نے کہا تو راجو بادل ناخواستہ موم بتی کی روشنی میں پڑھنے بیٹھ گیا۔

لیکن وہ آدھے سے بھی کم پورشن مکمل کر سکے۔

'ممی! موم بتی کی روشنی میں پڑھا نہیں جا رہا ہے۔آنکھیں درد کر رہی ہیں۔"وہ کیا کر سکتی تھی۔بے بسی سے راجو کو دیکھنے لگی پھر بولی۔"

'جاؤ سو جاؤ۔بجلی آئے گی تو میں جگا دوں گی۔اور ہم پورشن مکمل کر لیں گے۔"دن بھر کے تھکے ماندے راجو کو شاید اسی بات کا انتظار تھا۔"

فوراً بستر کی طرف دوڑا۔

تھوڑی دیر بعد راجو اور منی گہری نیند میں کھو گئے۔

ایک دو بار وہ جا کر بلڈنگ کی ٹیرس سے شہر کا نظارہ کر آئی۔

یوں تو ان کے فلیٹ سے بھی سڑک کا نظارہ صاف دکھائی دیتا تھا۔لیکن ٹیرس سے شہر کا ایک بڑا حصہ دیکھا جا سکتا تھا۔

سارا شہر اندھیرے میں ڈوبا تھا۔

مکمل بلیک آؤٹ۔

جن گھروں اور دکانوں میں انورٹر یا جنریٹر کا انتظام تھا۔ ان سے روشنی پھوٹ کر تاریکی کے کچھ حصے کے راج کا خاتمہ کرنے کی کوشش کر رہی تھی۔

ایسا بہت کم ہوتا تھا کہ پورے شہر کی بجلی ایک ساتھ چلی جائے۔ ایک آدھ حصے کی بجلی جاتی تھی تو باقی حصہ روشن رہتا تھا بلڈنگ کی ٹیرس سے صاف دکھائی دیتا تھا کس شہر کے کن حصے میں بجلی ہے اور کس حصے میں نہیں۔

لیکن مکمل بلیک آؤٹ کے حالات بہت کم پیدا ہوتے تھے۔

اس نے اپنے ماں باپ سے سنا تھا کہ جنگ کے زمانے میں کس طرح بلیک آؤٹ کیا جاتا تھا۔

شہر کی سڑکوں کی تمام بتیاں گل کر دی جاتی تھیں۔

شہر والوں کو ہدایت دی جاتی تھی کہ وہ اپنے گھروں کی کھڑکیاں اور دروازے بند رکھیں۔ روشنی کی ایک کرن بھی باہر نہ آنے پائے۔

بلیک آؤٹ کی وجہ سے سارا شہر تاریکی میں ڈوب کر اس کا ایک حصہ بن جائے۔ تاکہ دشمن کے ہوائی جہاز اگر حملہ کرنے کے لئے آئے بھی تو انھیں اندازہ لگانا مشکل ہو آجائے کہ شہر کہاں ہے اور وہ شہر پر حملہ نہ کر سکیں۔

لیکن یہ امن کے زمانے کا بلیک آؤٹ تھا۔

نیچے آئی تو سنتوش موبائل پر اپنے دوست سے میچ کا اسکور معلوم کر رہا تھا۔

'اب چپ چاپ سو جاؤ۔ اسکور معلوم کر کے پیسے برباد مت کرو۔ صبح نتیجہ معلوم ہو جائے گا۔ وہ جھنجھلا کر بولی۔

'اس اندھیرے اور گرمی میں نیند کہاں سے آئے گی۔

'جب بچے سو گئے تو تمھیں کیوں نیند نہیں آئے گی؟"

اس کے زور دینے پر سنتوش پلنگ پر لیٹ گیا تھا لیکن گرمی کی وجہ سے کافی دیر تک سو نہیں سکا تھا۔

اسے بھی بہت دیر تک نیند نہیں آئی پھر پتہ نہیں کب آنکھ لگ گئی۔

آنکھ کھلی تو صبح ہو گئی تھی اور ہلکی ہلکی روشنی پھیل رہی تھی۔

اس نے بچوں کو جگایا۔

بجلی نہیں آئی تھی۔ اس کا مطلب تھا رات بھر پورا شہر اندھیرے میں ڈوبا رہا۔

اسنے منی کو ہوم ورک کرنے بٹھا دیا۔ اور راجو کو اعادہ کرنے۔

سنتوش سوتا رہا۔ وہ بچوں اور سنتوش کے لئے ناشتہ تیار کر کے اس نے اسے اسکول بھیج دیا۔

راجو کا ریویزن مکمل ہو گیا تو اس نے امتحان گاہ میں جا کر وہاں پر مطالعہ کرنے کی خواہش ظاہر کی تو اسنے اسے بھی ناشتہ کرا کے رخصت کر دیا۔

تھوڑی دیر بعد سنتوش بھی جاگ گیا تھا۔ وہ بھی تیار ہو گیا اور ناشتہ کر کے ٹفن لیکر آفس چلا گیا۔

وہ گھر میں اکیلی رہ گئی تھی سینکڑوں مسائل کا سامنا کرنے کے لئے۔

گھر میں پانی کی ایک بوند نہیں تھی۔

سامنے جھوٹے برتنوں کا ڈھیر تھا۔ اور کپڑوں کا بھی۔

گھر کی صفائی باقی تھی۔

کپڑے تو خیر دوسرے دن پر بھی اٹھا کر رکھے جاسکتے تھے۔ لیکن جھوٹے برتن کپڑے ایک دو گھنٹے میں ان سے بدبو آنے لگی گی لیکن ان کو دھونے کے لئے پانی کہاں سے آئے؟

پتہ چلا کہ نیچے بلڈنگ کی ٹانکی کھولی گئی ہے۔ ضرورت منداس سے پانی لے رہے ہیں۔

چار منزل اتر کر بلڈنگ کی ٹانکی سے پانی لانے کے تصور سے ہی اس کی جان فنا ہونے لگتی تھی۔

لیکن مجبوری ایسی تھی کہ پانی لانا بہت ضرورت تھا۔

مجبوراًوہ ایک ہنڈا لیکر چار منزلہ سیڑھیوں سے نیچے اتری۔

لیکن دو ہنڈوں سے زیادہ پانی نہیں بھر سکی۔

۲۰،۱۵ لیٹر پانی کا ہنڈا لے کر چار منزلہ عمارت کی سیڑھیاں طے کرنا۔ دل کی دھڑکنیں تیز ہو جاتی تھیں۔ سانسیں دھونکنی کی طرح چلنے لگتیں اور جسم پسینہ پسینہ ہو جاتا تھا۔

اس نے جو پانی تھا اسی پر قناعت کرنا ضروری سمجھا۔

کم سے کم پینے کے لے پانی تو مل گیا۔

بڑی کفایت شعاری سے ضروری جھوٹے برتن دھوئے۔

فریج بند تھا اس میں بہت سا سامان تھا۔ سبزیاں، گوشت، مچھلی، بچا ہوا پکا ہوا کھانا۔

وہ ہفتے بھر کے لئے ضروری سبزیاں، مچھلی گوشت لا کر فریج میں رکھ دیتی تھی تا کہ بار بار مارکیٹ نہ جانا پڑے۔

لیکن فریج بند ہو جانے کی وجہ سے انکی حالت دیکھ کر پسینے چھوٹنے لگے تھے۔

اگر پاور نہیں آئی تو ساری سبزیاں، مچھلی گوشت خراب ہو جائیں گے۔ اتنے پیسے حرام میں جائیں گے۔

دوپہر تک یہ آس تھی کہ پاور آ جائیگی تو ان مسائل سے نجات مل جائے گی لیکن

دوپہر کے وقت ایک ایسی خبر آئی جس کو سن کر سارا شہر دہل گیا۔

پتہ چلا کہ شہر کو بجلی سپلائی کرنے والے پاور اسٹیشن میں سرکٹ کی وجہ سے آگ لگ گئی ہے جس کی وجہ سے سب اسٹیشن کا بہت نقصان ہوا ہے۔

اور ممکن ہے کہ کئی دنوں تک شہر کو بجلی کی سپلائی بحال نہ ہو سکے۔

اس خبر سے شہر کی عورتیں فکر مند ہو گئیں۔

بلڈنگ کی عورتیں کچھ زیادہ ہی پریشان تھیں۔

'بجلی نہیں آئے گی تو پانی کس طرح ملے گا؟ پانی نہیں ملے گا تو سارے کام کاج کس طرح چلیں گے ؟"

"بچوں کے امتحانات ہیں۔ بجلی نہیں ہو گی تو وہ کس طرح اسٹیڈی کر پائیں گے ؟ پڑھائی نہیں ہو گی تو امتحانات میں انھیں اچھے نمبر نہیں ملے گے۔ ان کی زندگی تباہ ہو جائے گی۔

وغیرہ وغیرہ سینکڑوں باتیں ہوتیں۔

'شہر کو شنگھائی بنانے کی باتیں کی جاتی ہیں۔ بجلی کی سپلائی بحال کرنے کے انتظامات نہیں ہیں شہر شنگھائی کہاں سے بن پائے گا۔

دوپہر میں راجو امتحان دیکر لوٹا تو کچھ اداس تھا۔

"کیا بات ہے راجو پرچہ تو ٹھیک گیا نا؟" اس نے راجو کی صورت دیکھ کر اپنا دل تھام لیا تھا۔

"مشکل گیا ہے ممی! اسٹیڈی نہیں ہو سکی نا۔" راجو نے سر جھکا کر جواب دیا اس کی آنکھوں کے سامنے اندھیرا چھانے لگا اسے لگا جیسے اس کی سال بھر کی محنت پانی میں گئی۔

راجو کا کیریئر تباہی کے دہانے پر ہے۔

آج بھی بجلی نہیں رہے گی۔ ممکن ہے کل بھی نہ رہے۔۔ اس طرح راجو کے اور دو پرچے خراب جاسکتے ہیں۔ اس کے بعد اور کیا توقع رکھی جاسکتی ہے۔؟

موبائل کی بیٹریاں بھی ڈاؤن ہو گئی تھیں۔ انھیں چارج نہیں کیا جاسکتا تھا۔

ریلائنس اور ٹاٹا کے نیٹ ورک نے کام کرنا بند کر دیا تھا۔

کیونکہ ان کے نیٹ ورلس میں بجلی نہ ہونے کی وجہ سے بیٹریاں ڈاؤن ہو چکی تھیں۔

موبائل کا رابطہ ٹوٹ گیا تھا۔

سڑکوں پر بھیڑ نظر آنے لگی تھی۔

اس بھیڑ میں زیادہ تعداد ان مزدوروں کی تھی جو کا خانوں اور فیکٹریوں میں کام کرتے تھے۔ بجلی نہ ہونے کی وجہ سے وہ فیکٹریاں اور کارخانے بند تھے وہ بیکار تھے۔ وقت گزارنے کے لئے وہ سڑکوں پر آوارہ گردی کر کے وقت گزار رہے تھے۔

شام ہوتے ہوتے پھر ایک سیاہ، گھنا تاریک اندھیرا چاروں طرف پھیل کر شہر کو اپنی شیطانی گرفت میں لینے کی کوشش کرنے لگا۔

رات ہوتے ہوتے شہر تاریکی کی اندھیری گپھا میں کھو گیا۔

کل تو بھی سڑکوں پر کچھ روشنیاں چھن کر آرہی تھیں۔

لیکن انورٹر کی بیٹریاں ڈاؤن ہو جانے کی وجہ اب وہاں پر بھی تاریکی پھیلی ہوئی تھی جن دوکانوں میں جنریٹر تھے صرف وہاں ہلکی ہلکی روشنی دکھائی دے رہی تھی۔ جو اس جگہ کو منور کر رہی تھی۔

باقی ایک مکمل بلیک آؤٹ سارے شہر کو اپنے اندر سمیٹے ہوئے تھا۔

کب بجلی آئے گی کسی کو پتہ نہیں تھا۔ کوئی اڑتی اڑتی خبر بھی اس بارے میں نہیں آتی تھی نہ کوئی افواہ پھیلتی تھی۔ صرف کبھی کبھی خبر آجاتی تھی کہ سب اسٹیشن میں

رپیرنگ کا کام چل رہا ہے۔

مرمت کا کام کتنا ہوا ہے۔ کتنا باقی ہے کام کب ختم ہو گا اس سلسلے میں کوئی خبر نہیں تھی۔

اس دن راجو چھ بجے ہی ٹیوشن سے واپس آگیا۔

"یوں راجو اتنی جلدی ٹیوشن سے کیوں آ گئے۔

'ٹیوشن کلاس میں بیٹری ڈاؤن ہو گئی ہے کوئی دوسرا انتظام نہیں ہے اس لئے سر نے چھٹی دے دی ہے اور کہا ہے کہ اپنے اپنے گھروں میں اسٹیڈی کریں۔؟

لیکن گھر تو اندھیرے میں ڈوبے تھے۔

موم بتی کی روشنی میں کہاں سے پڑھائی ہو سکتی تھی۔؟

۸۔۱۰ بجے تک باہر بھٹکنے والا سنتوش بھی چھ بجے گھر آگیا تھا۔

'کیوں !کیا بات ہے۔ آج جلدی گھر واپس آ گئے" اس نے اسکا مذاق اڑانے والے انداز میں پوچھا تھا۔

'سارا شہر تاریکی میں ڈوبا ہے چاروں طرف اندھیرے کا راج ہے۔ سڑک پر ہاتھ کو ہاتھ سجھائی نہیں دیتا ہے صرف سواریوں کی ہیڈ لائٹ سے جو روشنیاں ہو جاتی تھیں انہی کی روشنی میں لوگ آ جا رہے ہیں۔ تو پھر بھلا میں اور میرے دوست اندھیرے میں کہا بھٹکے ؟سب نے فیصلہ کیا چپ چاپ اپنے گھروں کو واپس چلے جائیں اسی میں ہماری بھلائی ہے۔۔"

اس رات انھوں نے سات بجے ہی کھانا کھالیا۔

کیونکہ دیر کرنے کی کوئی وجہ نہیں تھی۔

اندھیرا بڑھتا ہی جا رہا تھا۔

کھانا کھانے کے بعد موم بتی کی روشنی میں باتیں کرتے بیٹھے رہے۔

راجو بے چین تھا۔

"ممی! مجھے بہت اسٹیڈی کرنی ہے۔"

'موم بتی کی روشنی میں پڑھائی کر پاؤ گے؟

'نہیں ممی! پاور کب آئے گی؟

"یہ تو کوئی نہیں بتا سکتا۔"

گرمی اس کمرے میں بھرنے لگی۔ مچھر کانوں کے پاس گنگنانے لگے۔ اور بدن میں اپنے ڈنک چبھونے لگے۔

جسم سے پسینے کی دھاریں بہنے لگیں۔

جیسے جیسے رات گزر رہی تھی اندھیرا بڑھتا ہی جارہا تھا۔

بلیک آؤٹ

ایک گہرا مکمل بلیک آؤٹ۔

***

چارہ گری

شام گھر آنے تک جو جو واقعات اس کے ساتھ ہوئے اس کی وجہ سے ذہن میں ایک تناؤ چھایا ہوا تھا۔

سویرے لوکل ٹرین میں آفس جاتے ہوئے سیٹ پر سے ایک عورت سے تکرار ہو گئی تھی ٹرین میں کافی بھیڑ تھی۔ وہ عورت آئی اور اس سے تھوڑا اسرکنے کے لئے کہا۔ سیٹ پر صرف تین عورتیں بیٹھی تھیں۔ تھوڑا سرکنے پر چوتھے کی گنجائش نکل سکتی تھی۔ لیکن اسے علم تھا اگر وہ سرک گئی اور وہ عورت سیٹ پر بیٹھ گئی تو پورا راستہ اسے تکلیف میں سفر کرنا پڑے گا۔ اس لیے فوراً بول اٹھی۔

"اگر سرک بھی جاؤ تو، کہاں جگہ ہو پائے گی۔"

'ارے تھوڑا سرک گئی تو تیرا کیا بگڑ جائے گا۔ موٹی بھینس خود تو دو سیٹوں کی جگہ گھیر کر بیٹھی ہے۔

"مجھے موٹی بھینس کہا! اس کا پارہ چڑھ گیا۔ "

"موٹی ہے تو موٹی نہیں تو کیا دبلی کہوں۔" عورت بھی اس سے الجھ گئی۔

بات بڑھ جاتی لیکن آس پاس بیٹھی ایک دو عورتوں نے بیچ بچاؤ کر کے معاملہ ٹال دیا۔

وہ روزانہ ان کے ساتھ آتی جاتی تھی اس لئے شناسائی تھی۔

ابھی اس معاملے کا تناؤ کم بھی نہیں ہوا تھا کہ آفس میں باس سے جھگڑا ہو گیا۔

اس سے ایک غلطی ہو گئی۔ اور باس کے منہ سے نکل پڑا۔

"تم جتنی موٹی ہو اتمھاری عقل بھی اتنی موٹی ہے"

اور وہ آپے سے باہر ہو گئی۔ بنا یہ سوچے کہ باس سے الجھنا اچھی بات نہیں ہے۔

"دیکھئے سر آپ مجھے کچھ بھی کہیں ؟ لیکن میرے موٹاپے کا مجھے طعنہ نہ دیجئے۔ غلطی مجھ سے ہوئی ہے اس میں میرے موٹاپے کا کیا دخل۔؟"

باس کو اپنی غلطی کا احساس ہو گیا۔ اس نے اپنی غلطی مانتے ہوئے معافی مانگ لی۔ لیکن باس اپنے ماتحت سے معافی مانگے ماتحت کے لئے اس سے بڑھ کر کوئی سزا نہیں ہو سکتی۔

دن بھر اسے اس کی سزا بھگتنی پڑی تھی۔

باس نے پانچ زائد کام اس پر لاد دیئے تھے۔ اور کام پورا نہ ہونے پر دل کھول کر باتیں سنائی تھیں۔

اس وقت اسے اپنی غلطی کا احساس ہوا تھا۔

"موٹی" کہنے پر اسے باس سے الجھنا نہیں چاہئے تھا۔

لیکن بات ہی کچھ ایسی تھی کہ 'موٹی' سنتے ہی وہ آپے سے باہر ہو جاتی تھی۔

آفس سے واپسی پر سینڈل خریدنے ایک دکان میں گئی تو سیلز مین نے اسے دیکھ کر مذاق سے کہہ دیا۔

"ساری میڈم! آپ کے ناپ کی سینڈل موجود نہیں ہے۔ آپ کے ناپ کے لئے کمپنی کو اسپیشل آرڈر دینا پڑیگا۔ کیونکہ آپ دنیا میں اپنے آپ میں یونک سائز ہیں۔"

سیلز مین نے خوش مزاجی کا مظاہرہ کیا تھا لیکن وہ سمجھی اس نے اس کے موٹاپے کا مذاق اڑایا ہے۔

اور اس سے الجھ پڑی۔ سیلز میں لاکھ اسے سمجھاتا رہا کہ اس کا منشا اس کے موٹاپے کا مذاق اڑانا نہیں تھا لیکن وہ نہیں مانی۔ اور آخر سیلز مین کو بھی معافی مانگنی پڑی۔ دراصل زندگی میں اتنے واقعات اس کے ساتھ پیش آئے تھے اور اپنے موٹاپے کی وجہ سے وہ لوگوں سے اتنی بار الجھ چکی تھی کہ چند جملے اسے یاد ہو گئے تھے اور وہ اس ہنر میں یکتا ہو گئی تھی کہ اس جملوں کا استعمال کر کے کس طرح اپنا مذاق اڑانے والوں کو سبق سکھانا چاہیئے اسے معافی مانگنے پر مجبور کرنا چاہیئے۔

آج تک ایسا کبھی نہیں ہوا تھا کہ اسے معافی مانگنی پڑی۔ یا تو اسے چھڑنے والے کو اس سے اپنے رویے کی معافی مانگنی پڑی یا سامنے والا اڑ گیا تو لوگوں نے مصالحت کرادی۔

کوئی اسے موٹا کہے یا اس کے موٹاپے کا مذاق اڑائے وہ اس معاملے میں بہت جذباتی ہو جاتی تھی۔

اس لئے گھر والے، اس کی سہیلیاں اسے سمجھاتی رہتی تھیں۔

"رشمی! اس معاملے میں اتنا غصہ ہو کر سامنے والے سے الجھنے اور اتنا جذباتی ہونے کی کوئی ضرورت نہیں ہے۔ تم موٹی ہو یہ تو حقیقت ہے۔ تم اس حقیقت کو قبول کر لو تو تمہارے آدھے تناؤ دور ہو جائیں گے۔ اگر خوبصورت کو کوئی خوبصورت نہیں تو کیا بد صورت کہے گا۔ تم یہ مان لو سچ مچ میں بہت موٹی ہوں۔ اس کے بعد تمہیں کوئی موٹی بھی کہے گا تو معاملہ نہیں الجھے گا۔"

وہ لاکھ چاہتی کہ وہ اس سچائی کو قبول کر لے۔

لیکن شاید وہ اس سچائی سے فرار حاصل کرنا چاہتی تھی۔ اس معاملے میں اس کے دل اور ذہن کا دخل زیادہ تھا۔ وہ ہزار بار سوچتی کہ اگر آئندہ کوئی اسے "موٹی" کا طعنہ دے گا یا موٹی کہہ کر مخاطب کریگا تو وہ اس کی بات کا مسکرا کر جواب دیکر معاملے کو ٹال

دے گی۔

لیکن اس کا ذہن اس لفظ کو سنتے ہی بھڑک اٹھتا تھا اور سارا معاملہ گڑبڑ ہو جاتا تھا۔

بچپن میں وہ ایسے مزاج کی نہیں تھی۔

جب بھی کوئی اسے موٹی کہتا وہ مسکرا کر اس کا جواب دیتی تھی۔

بلکہ اس کی سہیلیاں اور رشتہ دار تو اسے موٹی کہہ کر ہی مخاطب کرتے تھے۔

وہ کبھی اپنے موٹاپے کے بارے میں سوچتی بھی نہیں تھی۔

لیکن جیسے ہی اسنے جوانی کی دہلیز پر قدم رکھا اسے شدت سے اپنے موٹاپے کا احساس ہونے لگا۔ اور وہ اس احساس کی شدت سے چڑچڑی ہو گئی تھی۔

کیونکہ جوانی میں قدم رکھنے کے باوجود موٹاپے کی وجہ سے اس کا شمار لڑکی میں نہیں عورت میں ہونے لگا تھا۔

سب اسے لڑکی کم عورت زیادہ سمجھتے تھے۔

اس سے بڑی عمر کی لڑکیاں اور لڑکے بھی اسے " آنٹی " کہہ کر مخاطب کر دیتے تھے۔ اور وہ اس وقت جھنجھلا جاتی تھی اور ان سے الجھ کر وبال کھڑا کر دیتی تھی۔

بچپن میں ماں باپ اپنے بچوں کو موٹا دیکھ کر خوش ہوتے ہیں۔

کیونکہ بچوں کا موٹاپا انکی صحت مندی کی علامت ہوتی ہے۔

بڑھتی عمر کے ساتھ جب ان کے موٹاپے میں اضافہ ہوتا جاتا ہے تو ماں باپ تھوڑے فکر مند ہوتے ہیں۔

اور اگر بچہ لڑکی ہو تو تشویش میں مبتلا ہو جاتے ہیں اور اس کے موٹاپے کا علاج کر نے کی سوچتے ہیں لڑکی ذات کا زیادہ موٹا ہونا اچھی بات نہیں ہے موٹاپے کی وجہ اس کی شادی بیاہ میں پریشانیاں کھڑی ہو سکتی ہیں۔

جب اس نے جوانی کی دہلیز میں قدم رکھا تو اس کے ماں باپ کو بھی اس کے موٹاپے کی وجہ سے تشویش ہونے لگی۔ انھوں نے اس سلسلے میں کئی ڈاکٹروں سے رجوع کیا۔

اس کی کئی ٹسٹ کئے گئے اور اسے کئی دوائیاں اور انجکشن دئے گئے۔ لیکن اس کے موٹاپے میں کوئی فرق نہیں آیا بلکہ وہ بہ تجرید بڑھتا ہی گیا۔

ڈاکٹروں کا کہنا تھا کہ اس کے جسم میں ہارمون بہت زیادہ ہیں۔

لاکھ علاج کے باوجود ان کی مقدار میں کمی نہیں ہو پا رہی ہے۔ اس وجہ سے اس کا موٹاپا کم ہونے کی بجائے بڑھتا ہی جا رہا ہے۔

دوائیوں کے اثر سے ہارمون کے بننے کی رفتار میں کچھ حد تک کمی ہوئی ہے جس کی وجہ سے موٹاپے سے نجات حاصل نہیں ہو سکتی۔

اسی لیے ۲۲ سالوں کو پار کرتے کرتے اس کا وزن ۸۰ کلو کے قریب ہو گیا تھا۔

اونچائی ساڑھے پانچ فٹ کے قریب اور بدن کا سائز ۸۰۔ ۶۴۔ ۷۰ ہو گیا تھا۔

پڑھنے لکھنے میں وہ بہت ذہین تھی۔ اسی وجہ سے اس نے بی ایس سی کا کورس بھی کر لیا تھا اس دوران اس نے ایک کمپیوٹر کا کورس بھی کر لیا تھا جس کی وجہ سے اس کے ایک پرائیوٹ کمپنی میں سسٹم اینالاسس کی نوکری مل گئی تھی۔

اس کے تنخواہ بیس ہزار کے قریب تھی۔

جوانی کا جوش اور طاقت کی وجہ سے موٹاپا جسمانی طور پر اس کے روزمرہ کے کاموں میں کہیں حائل نہیں ہوتا تھا۔

وہ اتنے موٹے ڈیل ڈول کے ساتھ اس رفتار سے چلتی تھی کہ دبلے پتلے لوگوں کو بھی اس کی رفتار سے رشک ہوتا تھا۔

سارے کام اس پھرتی سے انجام دیتی تھی جیسے عام آدمی پھرتی سے اپنے روز مرہ کے کام کرتے ہیں۔

اسے اپنے موٹاپے کی وجہ سے کوئی تکلیف نہیں تھی نہ زیادہ چلنے سے سانس پھولتا تھا نہ کسی کام سے دم گھٹتا تھا۔

وہ چلتی تھی تو لوگوں کو ایسا محسوس ہوتا تھا جیسے گوشت کا کوئی پہاڑ چلا آرہا ہے۔ اس کے ڈیل ڈول سے ہر کوئی تصور کرتا تھا کہ اس کا چہرہ بھی اس کے ڈیل ڈول کی طرح بھدا ہو گا۔

لیکن چہرے پر نظر ڈالتے ہی ہر کوئی دھوکہ کھا جاتا تھا۔

اس کا چہرہ بڑا ہی خوبصورت اور معصوم تھا۔ اس کے جسم سے اس کی عمر کا اندازہ لگانا ناممکن تھا لیکن اس کے چہرے سے ہر کوئی اس کی عمر کا اندازہ لگا سکتا تھا۔

لیکن اس کے باوجود اس کے گھر والوں کے سامنے سب سے بڑا مسئلہ تھا اور وہ مسئلہ تھا اس کی شادی کا۔

جوان لڑکی گھر میں ہو تو گھر والوں کے سامنے ایک ہی مسئلہ ہوتا ہے اس کی شادی کا اور اس کے لئے وہ ہزاروں کوششیں بھی کرتے ہیں لیکن رشمی کا معاملہ اس کے بالکل بر عکس تھا۔

گھر والے لاکھ کوششیں کرنا چاہتے تھے لیکن وہ کر نہیں پاتے تھے اس معاملے میں وہ بڑے لاچار اور بے بس تھے۔

وہ تعلقات میں کسی لڑکے کے ساتھ رشمی کے رشتہ کی بات بھی چلاتے تو انہیں ایک ہی جواب ملتا تھا۔

"ماتھر صاحب! باقی ساری باتیں ٹھیک ہیں۔ لیکن آپ اچھی طرح جانتے ہیں۔ آپ

کی لڑکی کتنی موٹی ہے۔ بھلا ہمارے لڑکے کو کس طرح سوٹ کرے گی؟"

کئی لوگوں سے اس سلسلے میں بات کی۔ تجارتی طور پر شادی بیاہ کروانے والوں سے بھی اس سلسلے میں صلح مشورہ کیا۔

لیکن رشمی کو دیکھتے ہی وہ سوچ میں پڑ گئے۔

"ماتھر صاحب! رشمی میں ساری باتیں تو ٹھیک ہیں۔ وہ تعلیم یافتہ ہے اچھی نوکری پر ہے اس کی آمدنی اچھی سے۔ عمر بھی زیادہ نہیں ہے۔ لیکن اس کا موٹاپا اس کی مصیبت ہے آپ تو جانتے ہیں لڑکا چاہے رکشا چلاتا ہو لیکن بیوی ماڈل کی طرح سلم چاہتا ہے۔ پھر بھی کوشش کریں گے مالک نے جیسا بنایا ہے اس کے مطابق جوڑ بھی بنایا ہو گا۔"

ان کی باتیں سن کر اس کے ماں باپ کو مایوسی ہی ہوتی۔ کیونکہ اتنا کہنے کے بعد کوشش کرنے کا مطلب ہوتا ہے کام ذرا مشکل ہے اسے بھی اس بات کا شدت سے احساس تھا کہ اس کے ماں باپ اس کے لئے بہت پریشان ہیں۔ اس سے بھی ماں باپ کی پریشانی نہیں دیکھی جاتی تھی۔

اس لئے ایک دو بار ان کا دل بہلانے کے لئے اس نے کہہ دیا۔

"ماں! پتاجی! آپ میری شادی کے لیے کیوں پریشان ہیں مجھے اتنی جلدی شادی نہیں کرنی ہے۔ جب میرے دل میں آئیگا میں خود آپ سے کہوں گی اس کے بعد میرے لئے لڑکا ڈھونڈھنا۔ میں اتنی جلدی گرہستی کے بندھن میں بندھنا نہیں چاہتی ہوں۔ کچھ دن آزادی کی زندگی گزارنا چاہتی ہوں۔

لیکن اس کے لہجے کے کھوکھلے پن کو اس کے ماں باپ نے بھی محسوس کر لیا تھا۔

وہ لاکھ اس موضوع پر سوچنا نہیں چاہتی تھی لیکن تنہائی میں اکثر سوچنے پر مجبور ہو جاتی تھی۔

کیونکہ وہ آخر ایک عورت تھی۔

اور عورت کے ہزاروں خواب ہوتے ہیں۔

ایک خوبصورت سا شوہر، چھوٹا سا گھر، چھوٹے چھوٹے بچے۔۔۔۔۔۔

اس کی آنکھوں کے سامنے اپنی سہیلیوں کی زندگیاں گھومنے لگتی تھیں۔

اس کی زیادہ تر سہیلیوں کی شادیاں ہو گئی تھیں۔ اور ان میں سے زیادہ تو سہیلیاں اپنے اپنے شوہروں کے ساتھ اپنے گھروں میں خوش تھیں۔

جب بھی ملتیں، اپنے شوہر اپنے گھر اور اپنی زندگی کے قصے مزے لے لیکر سنانے لگتیں۔

اور جاتے ہوئے اس سے کہتیں۔

"اب تم بھی جلدی سے شادی کر لو"

ان کی اس بات پر وہ صرف مسکرا کر رہ جاتی تھی۔

کوئی بہت زیادہ قریبی سہیلی ہوتی تو جواباً کہہ اٹھتی۔

'مجھ جیسی موٹی لڑکی سے کون شادی کرے گا۔ اگر کوئی کرنے والا ہو۔ تو مجھے بتاؤ۔۔۔"

اس کی بات سن کر سہیلی کے چہرے کا رنگ بدل جاتا تھا۔ اور وہ سوچنے لگتیں تھیں ک انھوں نے اس سے اس موضوع پر بات ہی کیوں کیں۔

کیونکہ ان کے پاس اس کی اس بات کا کوئی جواب نہیں تھا۔

وہ جب اس بارے میں سوچتی تو اسے اپنی زندگی ایک لق و دق صحرا سی محسوس ہوتی تھی۔

کیونکہ آج تک اسے کسے لڑکے نے میٹھی نظروں سے بھی نہیں دیکھا تھا جو اس کے

اندر گدگدیاں پیدا کر کے ایک ہلچل مچادے۔

اس نے تو سوچ رکھا تھا اگر کوئی لڑکا اسے میٹھی نظروں سے بھی دیکھے تو وہ اس کی راہ میں بچھ بچھ جائے گی۔

کیونکہ گھر والوں نے خود اسے مجبوری کے تحت اس بات کی آزادی دے دی تھی۔

"رشمی بیٹے! تمھاری نظر میں کوئی لڑکا ہے؟ اگر کوئی لڑکا ہو تو بلا جھجھک ہمیں بتا دو۔ ہم تمھاری خوشیوں کے آڑے نہیں آئیں گے۔ تمھیں لڑکا پسند ہو ہمارے لئے بس یہی کافی ہے اگر وہ لڑکا ہماری برادری سماج کا نہ بھی ہوا تو چلے گا۔ آجکل ذات پات برادری سماج کو کون دیکھتا ہے اور کون اس کی پرواہ کرتا ہے۔"

اپنے ماں باپ کی اس بات کا وہ کیا جواب دے۔

اگر کوئی ایسا معاملہ ہو تو وہ خود پہل کرے۔ لیکن ساری رہ گزر سنسان اور ویران تھی۔

لڑکے اس میں دلچسپی لیتے تھے اسے چھیڑنے کے لیے اس کے ساتھ شرارت کنے کے لئے، اسے تنگ کرنے کے لئے۔

اس کے علاوہ ان کے دل میں کوئی دوسرا جذبہ نہیں ہوتا تھا۔

اگر وہ کسی لڑکے کے قریب بھی جانے لگتی تھی تو اس کے چہرے پر ہوائیاں اڑنے لگتی تھی اور وہ اس سے معافی مانگتا بھاگ کھڑا ہوتا تھا۔

اس نے اکثر مردوں کو دیکھا تھا۔

کسی عورت یا لڑکی کے جسم کا صرف لمس حاصل کرنے کے لیے وہ گھنٹوں تک ان کا پیچھا کرتے تھے اور جب تک لمس کی لذت حاصل نہیں کر لیتے تھے ان کا پیچھا نہیں چھوڑ تے تھے۔

یہ لذت انھیں کبھی کبھی گھنٹوں کے تعاقب کے بعد ہی مل پاتی تھی۔ کبھی کبھی اس کے لیے پورا دن تو درکار ہوتا تھا۔ اور کبھی کبھی تو انھیں یہ حاصل کرنے میں ہفتوں لگ جاتے تھے۔

وہ سوچتی کوئی تو مرد اس کی چاہ میں اس کے قریب آئے تو وہ اسے اس طرح پریشان نہ کرتے ہوئے کچھ دیر میں ہی ان کے دل کی مراد پوری کر دے۔

لیکن اس کے ساتھ ایسا ایک بھی واقعہ پیش نہیں آیا تھا۔

مرد اس کے قریب آنے کے بجائے اس کے ڈیل ڈول کو گھورتے ہوئے اس سے کترا کر آگے بڑھ جاتے تھے۔ کوئی اس کے جسم پر بھو کی نگاہ نہیں ڈالتا تھا۔

ہاں اس نے یہ ضرور محسوس کیا تھا کہ بہت زیادہ اونچے پورے، لمبے، تڑنگے پختہ عمر کے بھاری بھرکم جسم کے مالک مرد ضرور اس کے جسم میں دلچسپی لیتے تھے۔ وہ اس کے جسم کو ٹٹولتی نظروں سے دیکھتے تھے۔

لیکن وہ چہرے اور ڈیل ڈول سے اتنے بھیانک ہوتے تھے کہ ان کی شکلیں دیکھ کر ہی وہ ان سے ڈر جاتی تھی۔

اور ان سے کترا کر آگے بڑھ جاتی تھی۔

ان کو دیکھ لیتی تو وہ اپنا راستہ بدل دیتی تھی۔

اس کو ایسے مردوں سے بہت ڈر لگتا تھا۔ اس لئے وہ نہ تو انھیں اپنے قریب آنے کا موقع دیتی تھی اور نہ ان کے قریب جانے کی کبھی جسارت کرتی تھی۔

کیونکہ اس کا اس طرح کا ایک آدھ بار کا تجربہ بڑا گھناؤنا تجربہ تھا۔

اور اس کے بعد اس نے توبہ کرلی تھی اور بھگوان سے دعا کی تھی کہ آگے کبھی اسے اس طرح کے حالات کا سامنا نہ کرنا پڑے۔

کیونکہ موقع ملنے پر اس طرح کے کسی مرد نے اس کے جسم کا لمس حاصل کرنے کے لئے اس کے ساتھ جو حرکت کی تھی وہ جانوروں سی تھی۔

اچانک اس کے گھر والوں اور شناساؤں نے اس میں ایک حیرت انگیز تبدیلی محسوس کی۔

انھوں نے دیکھا اکثر وہ خالی اوقات میں موبائل کانوں سے لگائے کسی سے باتیں کرتی رہتی ہے۔ اور باتیں بھی اتنی لمبی کہ کبھی کبھی گھنٹوں گزر جاتے تھے لیکن اس کو اس کا ہوش ہی نہیں رہتا تھا۔

باتیں کرتے ہوئے وہ اپنے آس پاس سے بالکل بے خبر ہو جاتی تھی۔

اس کے آس پاس کیا چل رہا ہے اسے اس کا بھی ہوش نہیں رہتا تھا۔

اس کے منہ سے دبی دبی آوازیں نکلتی رہتی تھیں۔

"اکیلی ہوں۔ ہاں کام ہو گیا ہے۔ اچھا ہوا تمھارا فون آگیا۔ ورنہ میں خود تمھیں فون کرنے والی تھی۔۔۔ نہیں تمھارے پاس آنے میں بہت وقت لگتا ہے۔ گھر پہونچنے میں دیر ہو جاتی ہے۔ یہ معاملہ کسی چھٹی تک ملتوی کر کے رکھو تو اچھا ہو گا۔۔۔ ارے بابا وعدہ کرتی ہوں نا۔ اس دن سارے کام چھوڑ کر آؤں گی۔۔ وعدہ رہا۔۔ پرامس۔۔۔ اب تم بھی تو میری طرح بہت مصروف آدمی ہو۔۔۔ تمھارے بھی کئی گھنٹے ضائع ہو جائیں گے۔۔ تو سمجھ لو۔ میرا ہی وقت ضائع ہو گیا۔

"آخر وقت کاٹنا بھی تو ہوتا ہے۔۔"

سب حیران تھے یہ کیا چکر ہے۔

لیکن کوئی اسے نہیں ٹوکتا تھا نہ پوچھنے کی ہمت کرتا تھا کہ آخر وہ کون ہے جس سے وہ موبائل پر گھنٹوں باتیں کیا کرتی ہے۔ اس کے ساتھ کیا چکر ہے۔

اس کے بہی خواہ سوچتے تھے اس سے پوچھنے کی ضرورت نہیں۔ ایک دن وہ خود ہی سب کچھ بتادیگی۔ تو آخر اس سے اس بارے میں پوچھ کر اسے شرمندہ کرنے سے کیا حاصل۔؟

اس کے ماں باپ نے نوٹ کیا تھا وہ اکثر راتوں کو بھی اسی طرح اپنے کمرے میں گھنٹوں موبائل پر باتیں کرتی رہتی ہے۔

انھوں نے اس پر نہ تو اعتراض کرنا مناسب سمجھا نہ اس سلسلے میں اس سے پوچھنا ہی مناسب سمجھا۔

لیکن دل میں ایک تجسس تو تھا۔ آخر وہ کون ہے ؟ اس نے کس کو پسند کیا ہے ؟ وہ کس کے من کو بھا گئی ہے ؟

اس لیے یہ طے کیا گیا کہ اس موضوع پر بنا اس سے بات کئے چپکے سے پتہ لگایا جائے کہ وہ لڑکا کون ہے جس سے وہ گھنٹوں موبائل پر بات کرتی ہے۔

اور اس سے اس کے دل کا منشا پوچھا جائے۔

یہ کوئی مشکل کام نہیں تھا۔

وہ اس کی ٹوہ میں رہے۔

ایک دن تقریباً ایک گھنٹہ موبائل پر بات کرنے کے بعد رشمی اپنا موبائل رکھ کر جیسے ہی دوسرے کمرے میں گئی انھوں نے اس کا موبائل اٹھالیا اور موبائل میں وہ نمبر تلاش کرنے لگے جس نمبر پر وہ ابھی ایک گھنٹہ سے باتیں کر رہی تھی۔

لیکن یہ دیکھ کر ان کے ذہن کو ایک جھٹکا لگا۔ موبائل میں تو ایسا کوئی نمبر تھا ہی نہیں جس پر اس نے ایک گھنٹہ تک بات کی تھی۔

***

دو بیل
(منشی پریم چند کی نذر)

گھر آیا تو اسنے جو خبر سنی اسے سن کر اس پر بجلی سی گر پڑی۔

شبینہ نے بتایا کہ شاہ رخ اور سلمان کو پولس اٹھالے گئی ہے۔

اور پولس اسے گرفتار کرنے کے لیے اسے ڈھونڈھ رہی ہے۔

"کیا کہہ رہی ہو بیوی کی بات سن کر وہ سناٹے میں آگیا۔"میرا کیا قصور ہے جو پولس مجھے گرفتار کرنے کے لیے ڈھونڈھ رہی ہے؟ اور ان معصوم بے زبان شاہ رخ اور سلمان نے کیا قصور کیا تھا جو پولس انھیں پکڑ کر لے گئی؟"

'اب میں کیا بتاؤں! شبینہ بولی اچھا ہوا تم گھر پر نہیں تھے۔ ورنہ پولس سب سے پہلے تمھیں گرفتار کرتی کیا ہنگامہ مچا ہوا تھا میں بتا نہیں سکتی۔ پولس کی گاڑی آئی تھی اس میں آٹھ دس پولس والے تھے۔ اور آٹھ دس بھگوا لباس والے تھے۔ ان کے ماتھے پر بڑے بڑے چندن کے تلک لگے ہوئے تھے ایک آدمی نے ایک تو شول اٹھار کھی تھی۔ سب اسے 'منو بھائی منو بھائی' کہہ رہے تھے۔ پولس تمھارے بارے میں پوچھنے لگی تو میں نے کہہ دیا کہیں گئے ہیں کہاں گئے ہے کہہ کر نہیں گئے۔ تو پولس نے شاہ رخ اور سلمان کو کھولا اور بولی۔ ہم انھیں لے جارہے ہیں۔ تمھارا پتی آئے تو اسے پولس تھانہ روانہ کر دینا۔ ورنہ پولس خود آکر ہتھکڑیاں لگا کر لے جائے گی۔ شاہ رخ اور سلمان مچل رہے تھے۔ اپنی

جگہ سے ہل نہیں رہے تھے۔ ان لوگوں کے ساتھ جانے کے لیے تیار نہیں تھے۔ اس پر چاروں طرف سے پولس اور ان کے ساتھ آئے ہوئے لوگ ان پر ڈنڈے برسائے ؟

ارے میں نے جنہیں کبھی پھولوں کی چھڑی سے نہیں مارا ان ظالموں نے ان پر ڈنڈے برسائے ؟ سن کر اس کی آنکھوں میں آنسو آ گئے۔

"ہاں ٹھیک طور پر انھیں کھانے بھی نہیں دیا۔ میں ے دوپہر کا کھانا ان کے سامنے رکھا تھا۔ انھوں نے کھانا شروع بھی نہیں کیا تھا کہ وہ ظالم آ گئے ظالموں نے انھیں نہ ٹھیک طرح سے کھانے دیا اور نہ پانی پینے دیا۔"

"تو میرے شاہ رخ اور سلمان بھوکے پیاسے ہوں گے ؟ کہاں لے گئے وہ انھیں ؟ اس نے بیوی سے پوچھا۔

"مجھے نہیں پتہ کہاں لے گئے۔ کہہ کر تو گئے تھے کہ تھانے لے جا رہے ہیں۔۔"

'میں ابھی تھانے جاتا ہوں اور انھیں لیکر آتا ہوں۔ وہ الٹے قدم واپس ہونے لگے۔

'نہیں نہیں۔ تم اکیلے ابھی مت جاؤ۔ کھانا کھا کر کسی کو ساتھ میں لیکر جاؤ۔ پولس تمھیں گرفتار کرنے والی ہے۔ پتہ نہیں کیا معاملہ ہے ؟"

"پولس مجھے کیوں گرفتار کرنے والی ہے۔؟ کیا گناہ کیا ہے میں نے ؟"

وہ میرے شاہ رخ اور سلمان کو کیوں پکڑ کر لے گئی ؟ ان کا کیا قصور ہے ؟

وہ پاگلوں کی طرح زور زور سے چیخا۔

اس وقت دو تین پڑوسی گھر میں آ گئے۔

'عالم بھائی ! عالم بھائی ! اچھا ہوا آپ آ گئے۔ کچھ دیر قبل آپ کے گھر اور سارے محلے میں ہنگامہ ہوا تھا۔ ایک پڑوسی بولا۔

'آخر معاملہ کیا ہے ؟ اس نے پڑوسی سے پوچھا۔

'بجرنگ دل والے پولس کے ساتھ آئے تھے !اور وہ میرے بیلوں کو اٹھالے گئے ؟ وہ کون ہوتے ہیں میرے بیلوں کو لے جانے والے۔۔۔

'عالم بھائی۔بقر عید قریب ہے۔یہ ہنگامے تو ہوں گے ہی۔ سمجھئے۔ہنگامہ آپ سے شروع ہو گیا۔

"لیکن وہ میرے پالتو بیل تھے۔میں نے بچپن سے انھیں اپنے بچوں کی طرح پالا تھا۔آپ لوگ اچھی طرح جانتے ہیں۔۔"

'ہم کیا سارا محلہ جانتا ہے۔لیکن پولس اور ان بجرنگیوں کو کون سمجھائے۔

پڑوسی بولا۔

"میں ابھی پولس اسٹیشن جاتا ہوں۔۔" وہ بولا۔

"عالم بھائی۔۔ ہمارا مشورہ ہے۔آپ پولس اسٹیشن ضرور جایئے۔

لیکن اکیلے مت جایئے۔کسی کو ساتھ لیکر جائے۔ہو سکتا ہے پولس آپ کو گرفتار کر کے حوالات میں ڈال دیں۔پڑوسی نے مشورہ دیا۔

جب پڑوسی بھی اس طرح کی باتیں کرنے لگے تو اس کے ذہن میں بھی خطرے کی گھنٹی بجی۔

اس نے جلدی جلدی کھانا زہر مار کھایا۔

اور محلے کے کارپوریٹر کی تلاش میں چل دیا۔

کارپوریٹر گھر پر نہیں تھا کسی کام سے شہر کے باہر گیا تھا۔

'نہ تو میں کوئی جرم کیا ہے نہ میرے شاہ خاور سلمان نے جو پولس ہمیں گرفتار کرنا چاہتی ہے۔مجھے ڈرنے کی کیا ضرورت ہے۔اکیلا ہی پولس اسٹیشن جاکر دیکھتا ہوں کیا معاملہ ہے۔"

سوچ کر وہ اکیلا ہی پولس اسٹیشن کی طرف چل دیا۔

دوپہر کا وقت تھا۔ پولس اسٹیشن میں زیادہ لوگ نہیں تھے۔

'میرا نام پرویز عالم ہے۔ سویرے پولس میرے گھر مرغی محلے سے میرے دو بیل اٹھا کر لائی ہے۔" اس نے رپورٹ لکھنے والے محرر سے پوچھا۔

'اچھا تو تم پرویز عالم ہو۔ اسے دیکھتے ہی اس کی باچھیں کھل گئی۔

'بوراڈے۔ آروپی حاضر جھالا ہے۔ یالات گھال۔ (ملزم حاضر ہو گیا ہے اسے اندر ڈال دو)

"لیکن میرا قصور کیا ہے؟" اسنے حیرت سے پوچھا۔

'ارے تمھارے خلاف بجرنگ دل کے صدر منو شرمانے رپورٹ لکھائی ہے کہ تم نے قربانی کے لیے دو تندرست بیل اپنے گھر میں باندھ رکھے ہیں۔"

"لیکن یہ تو کوئی جرم نہیں ہوا۔۔۔

'جرم نہیں ہوا۔" وہ اس پر برس پڑا "سالے جانوروں کو قربانی کرنے کا پلان بناتا ہے اور کہتا ہے یہ کوئی جرم نہیں ہوا۔ ٹھہر جا ابھی تجھے حوالات میں ڈالتا ہوں۔ رات میں جب ڈنڈے پڑیں گے تو معلوم پڑے گا تیرا جرم کیا ہے۔ بوراڈے اسے اندر ڈال۔"

اس کی آواز سن کر ایک سپاہی آگیا۔

'کیا بات ہے اوکڑے"

'دیکھ سویرے جس کے بیل ضبط کر کے لائے تھے نا وہ مجرم حاضر ہو گیا ہے۔"

"صاحب کو فون کرو۔۔"

'اچھا۔ کہہ کر وہ چلا گیا۔

تھوڑی دیر بعد وہ واپس آیا اور کہنے لگا۔

'اسے بٹھا کر رکھو۔ صاحب ابھی آتے ہیں۔۔"

اے 'او کڑے نے تحکمانہ لہجہ میں کہا' جاؤ اس بینچ پر چپ چاپ بیٹھ جاؤ صاحب ابھی آتے ہیں۔۔

'لیکن حولدار صاحب! میں پوچھنا چاہتا ہوں میرا قصور کیا ہے۔۔'

'تیرے خلاف بجرنگ دل کے صدر منوشرما نے شکایت درج کرائی ہے۔"

او کڑے بولا۔ تو دو تندرست کھیتی کے لائق جانور کی قربانی کرنے والا ہے۔ اس لیے تیرے دونوں بیل ضبط کر لیے گئے۔

اب تیرے خلاف اینیمل ہسبنڈری ایکٹ کے تحت کاروائی کی جائیگی۔ بول وہ بیل کہاں سے لایا تھا؟

حولدار صاحب! ان بیلوں کو میں نے بچپن سے پالا ہے۔ وہ مجھے اپنی جان اور اولاد کی طرح عزیز ہے۔ میں ان کا اپنے بچوں کی طرح خیال رکھتا ہوں۔ ایک سال سے میں انھیں پال پوس رہا ہوں۔ ابھی ان کی قربانی کرنے کا خیال بھی میرے دل میں نہیں آیا ہے۔ اور آپ مجھ پر یہ الزام لگا رہے ہیں۔۔۔ وہ بولا۔

'ٹھیک ہے ٹھیک ہے۔ اپنی صفائی عدالت میں پیش کرنا۔ وہ طے کرے گی کہ تیری باتوں میں کتنی سچائی ہے۔ تجھے رہا کر دیا جائے یا پھر تیرے خلاف کاروائی کی جائے۔ رو کڑے بولا۔

'صاحب! میرے بیل تو مجھ کو واپس مل جائیں گے نا؟

'اگر تیرے بیل تجھے واپس دینے ہوتے تو انھیں تیرے گھر سے ضبط ہی کیوں جاتا۔ ان کی جانیں بچانے کے لیے۔ تجھے تیرے خونی ارادوں سے باز رکھنے کے لیے ہی تو ان بیلوں کو ضبط کر کے گؤشالہ میں بھیج دیا گیا ہے۔ اوکڑے بولا۔

"تو کیا میرے شاہ رخ اور سلمان مجھے واپس نہیں ملیں گے ؟

یہ کون ہے بے، رو کڑے اسے حیرت سے دیکھنے لگا۔

'ساری حولدار صاحب یہ میرے دونوں بیلوں کے نام ہیں۔۔

واہ! نام تو بڑے خوبصورت رکھا ہے۔ شاہ رخ اور سلمان۔۔ بیل دکھتے بھی ہیرو سے کم نہیں ہیں۔ ٹھیک ہے ٹھیک ہے اب میرا زیادہ دماغ مت چاٹ۔ اس بارے میں صاحب سے بات کرنا۔ مجھے بہت کام کرنے ہیں۔ کہہ کر وہ اپنے کام میں مصروف ہو گیا۔

"

وہ بینچ پر بیٹھ کر سوچ رہا تھا۔ وہ یہ کس مصیبت میں پھنس گیا ہے۔ اس نے تو کبھی خواب میں بھی نہیں سوچا تھا کہ وہ کبھی اس طرح کی مصیبت میں پھنس جائے گا۔

اس کی آنکھوں کے سامنے اپنے دو بیل گھوم رہے تھے۔

شاہ رخ اور سلمان۔

ان کی بچپن سے لے کر آج تک کی ساری باتیں، واقعات اس کے ذہن کے پردے پر چکرا رہے تھے۔

اس نے ان دونوں کو اس وقت سے خریدا تھا جب وہ مشکل سے ایک دو مہینے کے بچھڑے ہوں گے۔ بڑے ہی خوبصورت تھے۔

دیکھتے ہی اس کا دل ان پر آ گیا۔ ان کا مالک تو انھیں فروخت کرنے کے لیے ہی لایا تھا۔ اسے بھی جانوروں سے بہت پیار تھا اس نے دونوں بچھڑوں کو خرید لیا۔

اور انھیں لیکر گھر آ گیا۔ اس کے گھر میں کافی جگہ تھی۔ ان بچھڑوں کے باندھنے کے لیے ایک شیڈ بنا ہوا تھا۔ اس نے ان کا نام شاہ رخ اور سلمان رکھ دیا۔

اس کی بیوی اور بچوں کو بھی دونوں بچھڑے بہت پسند آئے۔

بچے دونوں بچھڑوں سے کھیلتے تو وہ اور اس کی بیوی ان کی خدمت کرتی۔

انھیں اچھی سے اچھی غذا کھانے کے لیے دی جاتی۔ دن میں دو بار انھیں نہلایا جاتا اور جس جگہ وہ رہتے تھے دن میں دو بار اس جگہ کی صفائی کی جاتی تھی۔

اتنا ہی نہیں۔ صبح شام وہ بچوں کے ساتھ دونوں کو سیر کے لیے لے جاتا تھا۔

اتنی محبت اور اتنی اچھی خوراک انھیں مل رہی تھی کہ وہ دو تین مہینے میں ہی ہٹے کٹے جانور بن گئے۔ دونوں اس کے پورے گھر والوں پر ہلے ہوئے تھے۔ اس کے گھر کا چھوٹا سا بچہ بھی دونوں کی رسیاں پکڑ کر آدھے شہر کا پھیرا مار کر آ جاتا دونوں چپ چاپ اس کے پیچھے پیچھے چلتے رہتے۔ کبھی کوئی خر مستی کر کے ادھر ادھر نہیں بھاگتے تھے۔

محلے والے اور شہر کے بہت سے لوگ دونوں کے بارے میں جانتے تھے اور ان دونوں سے اس کے گھر والوں کی محبت سے بھی واقف تھے۔

محلے کے بچوں کے لیے تو وہ کھیل کا سامان تھے۔

کیونکہ اکثر اس کے بچے دونوں کو لیکر محلے میں نکل پڑتے تھے اور بچوں کا ایک ہجوم دونوں بیلوں کو گھیر لیتا تھا۔

وہ ہر روز جس طرح اپنے بچوں کو کھانے کے لیے دوکان سے مٹھائیاں لاتا تھا۔ شاہ رخ اور سلمان کے لیے بھی کھانے کے لیے کچھ نہ کچھ لاتا تھا۔

دونوں اس کی آہٹ اور بو پہچانتے تھے۔ وہ گلی میں ہوتا تھا تو اس کی بو سونگھ کر دونوں اس کو آوازیں دینے لگتے تھے۔

ان کے اس پیار پر اس کا بھی دل بھر آتا تھا۔ اور وہ جا کر دونوں کو تھپتھپاتا اور گھنٹوں ان سے باتیں کرنے لگتا۔

ان دونوں کی وجہ وہ کبھی اتنی بڑی مصیبت میں پڑ جائے گا اس نے تو خواب میں بھی

نہیں سوچا تھا۔

یا شاہ رخ اور سلمان کبھی اس سے اس طرح چھین لیے جائیں گے اس نے کبھی اس بات کا تصور بھی نہیں کیا تھا۔ بینچ پر بیٹھا وہ انہیں باتوں کے بارے میں سوچ رہا تھا۔

وقت کچھوے کی رفتار سے آگے بڑھ رہا تھا وہ انسپکٹر کا انتظار کر رہا تھا۔ لیکن انسپکٹر کا کوئی پتہ ٹھکانا نہیں تھا۔

انسپکٹر شام چھ بجے آیا۔ تو روکڑے نے اسے اس کے بارے میں سب کچھ بتادیا۔

'ارے تو اس کو باہر کیوں بٹھا کر رکھا ہے حوالات میں ڈال دو۔۔۔

'لیکن انسپکٹر صاحب میرا جرم کیا ہے؟ مجھے کس بات کے لیے حوالات میں ڈالا جا رہا ہے۔

'تیرے خلاف بجرنگ دل کے صدر منو شرما نے شکایت درج کرائی ہے کہ تو نے کاٹنے کے لیے دو کھیتی کے لائق جانور لائے ہیں۔ سچ مچ وہ دونوں بیل کھیتی کے لائق ہیں اور ان سے ۱۲، ۱۰ سالوں تک کھیتی کا کام لیا جاسکتا ہے۔ کھیتی کے لائق جانور کاٹنا یا کاٹنے کی نیت سے خریدنا کتنا بڑا جرم ہے جانتا ہے؟ خیر یہ تو تجھے بعد میں پتہ چلے گا۔ میرا کام کل تجھے عدالت میں پیش کرنا ہے۔

باقی عدالت جانے اور تو جانے۔۔ انسپکٹر بولا۔

انسپکٹر صاحب! میں نے ان بیلوں کو بچپن سے پالا ہے۔ بھلا میں انھیں کاٹنے کے بارے میں کیسے سوچ سکتا ہوں۔

'ارے ایک مسلمان گائے بیل اور کس نیت سے گھر میں رکھ سکتا ہے۔

'کیوں! کیا ہندوؤں کو ہی گائے بیل سے پیار ہے۔ ایک مسلمان ان سے محبت نہیں کر سکتا؟ انھیں پال نہیں سکتا۔

'یہ مجھے مت بتا یہ کورٹ کو بتانا۔ میرا کام تجھے کورٹ میں پیش کرنا ہے۔ وہ میں کل کر دوں گا۔"

انسپکٹر بولا۔

"روکڑے اس کے کیس کے کاغذات تیار کر اور اسے حوالات میں ڈال دے۔"

وہ لاکھ احتجاج کرتا رہا لیکن پھر بھی اسے حوالات میں ڈال دیا گیا۔

شام تک جب وہ گھر نہیں آیا تو اسکی بیوی کو تشویش محسوس ہونے لگی۔

اس نے ایک دو آدمیوں کو اس کی خبر لینے کے لیے پولس اسٹیشن بھیجا تو وہ اس سے ملنے کے لیے لاک اپ میں آئے۔

اس نے ان کے ہاتھوں شبینہ کو پیغام دیا۔

"انسپکٹر میری کسی بات کو ماننے کے لیے تیار نہیں ہے۔ اس نے مجھے حوالات میں ڈالنے کا فیصلہ کر لیا ہے۔ تم جلدی سے کچھ کرو ورنہ مجھے حوالات میں رات کاٹنی پڑے گی۔۔۔"

اس کی بات اس کی بیوی تک پہونچی تو وہ تڑپ اٹھی۔

اسنے فوراً ایک دو لوگوں سے رابطہ قائم کیا۔ ان میں ایک منا نام کا آدمی بھی تھا جس کا پولس اسٹیشن میں بہت رسوخ تھا۔

وہ اسے حوالات میں آکر ملا۔

'عالم بھائی! آپ فکر مت کیجئے میں سب سنبھال لوں گا۔ یہ پولس اسٹیشن ہے یہاں پیسہ چلتا ہے۔ پیسے کی طاقت سے قاتلوں کو آزاد کرایا جا سکتا ہے تو تم نے تو کوئی بھی جرم نہیں کیا ہے۔"

انسپکٹر کسی کام سے باہر گیا تھا اور رات نو بجے کے قریب پولس اسٹیشن میں آیا۔ دس

منٹ میں منانے اپنی باتوں سے اسے رام کر لیا۔

'منا بھائی! یہ میں بھی سمجھتا ہوں کہ اس آدمی نے ان بیلوں کے بچپن سے پالا ہو گا۔ اسے جانوروں سے بہت محبت ہے اس کا ارادہ انھیں ذبح کرنے کا نہیں ہے۔ لیکن بجرنگ دل کے لیڈر منوشرما نے شکایت کی تو ہمیں کاروائی کرنی ہی پڑے گی۔ ورنہ تم تو جانتے ہو وہ کتنے کمینے لوگ ہیں۔ میرے خلاف دہلی تک پہونچ جائیں گے اور دہلی ہلا دیں گے میری زندگی تباہ کر دیں گے۔ اس لیے ان کی جھوٹی شکایت پر بھی مجبوراً مجھے کاروائی کرنی پڑی۔۔۔

انسپکٹر ۱۵ ہزار روپیہ پر اس بات کے لیے راضی ہو گیا کہ اسے حوالات میں نہیں رکھا جائے گا۔ چھوڑ دیا جائے گا۔ وہ کل عدالت میں حاضر ہو کر اپنی ضمانت کرا لے۔ چھوٹا موٹا کیس بنا لیں گے جو ۲۰، ۱۰ سالوں تک چلتا رہے گا۔ اس طرح منوشرما بھی ناراض نہیں ہو گا۔

'لیکن ان دونوں بیلوں کا کیا ہو گا؟

"دیکھئے ہم نے ضبط کر کے انھیں گؤشالہ والوں کے حوالے کر دیا ہے اب آپ کورٹ سے آرڈر لیکر وہاں سے اپنے بیلوں کو آزاد کرا لیجئے۔۔ یا پھر اگر آپ کے پاس پیسہ ہے تو منو کا منہ بند کر دیجئے۔ وہ پیسوں کے لیے ہی یہ سب دھندہ کرتا ہے۔ اسے گؤرکشا دھرم سے کوئی لینا دینا نہیں ہے۔۔" انسپکٹر بولا۔

منانے آکر ساری باتیں اسے بتائی کہ اگر وہ آکر ۱۵ ہزار روپیہ انسپکٹر کو دے سکتا ہے تو اسے حوالات سے نہ صرف نجات مل جائے گی بلکہ کیس بھی نرم بنے گا جس سے وہ عدالت میں نپٹ سکتا ہے۔

وہ حوالات میں ایک لمحہ اور رہنا نہیں چاہتا تھا۔ انسپکٹر کو پیسے دینے کے لیے راضی ہو گیا منا جا کر گھر سے پیسہ لیکر آیا اور اس نے انسپکٹر کو دیا۔ انسپکٹر نے فوراً اسے رہا کر دیا

اور بولا۔

'جا کر منو شرما سے بات کر لو۔ کچھ پیسوں کے عوض شاید وہ تیار ہو جائے۔ اس طرح تمھارے بیل بھی تم کو مل جائیں گے۔ اور کیس بھی ختم ہو جائے گا۔

حوالات سے رہا ہو کر منا بھائی کے ساتھ وہ فوراً منو شرما کے گھر پہونچا۔

منا بھائی کی منو سے پہچان تھی۔ اس لیے وہاں بھی معاملہ آسانی سے طے ہو گیا۔

'ٹھیک ہے۔ اگر آپ مجھے دس ہزار روپیے دیں تو میں اپنی شکایت واپس لے لوں گا جس کیس خود بخود ختم ہو جائے گا۔ اور آپ لوگ عدالت کی جھنجھٹ سے بچ جائیں گے۔ اور میں آپ کے جانور بھی آپ کو واپس دلوا دوں گا۔

وہ اسکے لیے راضی ہو گیا۔

اس نے دس ہزار روپیہ منو کو دے دیئے۔ منو نے پولس اسٹیشن میں فون کر کے کہہ دیا کہ وہ اپنی شکایت واپس لیتا ہے۔ پرویز عالم پر کیس داخل نہ کیا جائے۔

اور گؤشالہ میں بھی فون کر دیا کہ کل پرویز عالم اور منا بھائی بیل لینے آئے تو دونوں بیل انھیں واپس کر دینا۔ معاملہ طے ہو گیا ہے۔ دوسرے دن سویرے وہ منا بھائی کو ساتھ لیکر گؤشالہ پہونچ گیا۔ اور شاہ رخ اور سلمان کو وہاں سے لیکر اپنے گھر کی طرف چل دیا۔ جب محلے والوں نے شاہ رخ اور سلمان کے گلے کی گھنٹیوں کی آوازیں سنی تو وہ خوشی سے اچھل پڑے اور دونوں کو پیار کرنے لگے۔

سب یہ بھول گئے تھے کہ شاہ رخ اور سلمان کی وجہ سے عالم کتنی بڑی مشکل میں پھنس گیا تھا۔

****

گھنی چھاؤں

اس دن پنکی نوکرانی کے ساتھ اسکول آئی۔

وہ رو رہی تھی رونے کی وجہ سے اس کی آنکھیں سوجھی ہوئی تھی۔

"کیا بات ہے پنکی تم کیوں رو رہی ہو؟ آج تمھارے ڈیڈی تمھیں چھوڑنے کے لیے نہیں آئے۔"

"ڈیڈی ہاسپٹل میں ہے۔ ڈاکٹر کہتے ہیں ان پر دل کا دورہ پڑا ہے۔" پنکی سسکتی ہوئی بولی۔

'راج صاحب پر دل کا دورہ پڑا ہے! یہ سنتے ہی اس کا دل دھک سے رہ گیا' کب؟

"رات میں دو بجے کے قریب دورہ پڑا تھا نوکرانی بولی۔

"انھیں مہر ہاسپٹل میں داخل کیا گیا ہے میم صاحب ان کے پاس ہے۔ بچوں اور گھر کی نگرانی مجھ پر ہے۔

یہ سن کر وہ تڑپ اٹھی۔ اس نے راجو کو اسکول چھوڑا اور فوراً رکشا پکڑ کر مہر اسپتال کی طرف چل دی۔

اسپتال پہونچ کر راج صاحب کو ڈھونڈھنے میں اسے زیادہ وقت نہیں لگا۔ پتہ چلا کہ راج صاحب کو آئے سی یو میں رکھا گیا ہے۔

انھیں دیکھنے کے لیے آنے والوں کا تانتا لگا ہوا تھا۔

ان لوگوں میں زیادہ تو وہ لوگ تھے جن کے راج صاحب سے بزنس کے تعلقات

تھے یا ان کی فرم میں کام کرنے والے ورکر۔۔۔۔

اسے بھی کچھ لمحوں کے لیے راج صاحب کو دیکھنے کی اجازت ملی۔

آئی سی یونٹ میں صرف ایک یا دو آدمی ہی جا سکتے تھے اور وہ بھی صرف مریض کو اچٹتی نگاہوں سے دیکھ سکتے تھے انھیں نہ مریض سے بات کرنے کی اجازت تھی اور نہ انھیں چھونے کی۔

وہ بھی یہ رسم نباہ آئی۔

راج صاحب کی آنکھیں بند تھیں ان کی ناک پر آکسیجن ماسک لگا تھا۔

سر طرح طرح کی مشینوں سے ڈھکا تھا۔ دل کے قریب ایک دو تار لگے تھے جو جس مشین سے جڑے تھے اس پر ایک روشن لکیر تھرک کر دل کی حرکت کے بارے میں اطلاعات دے رہی تھی۔

آئی سی یونٹ کے باہر راج صاحب کی بیوی رشمی کھڑی تھی۔

اس دن پہلی بار اس نے رشمی کو دیکھا۔

اس سے قبل اس نے رشمی کے بارے میں راج صاحب اور پنکی سے بہت سنا تھا رشمی کو دیکھنے کے بعد اسے محسوس ہوا اس نے رشمی کو بارے میں جو کچھ سنا تھا بالکل درست تھا۔

ورنہ عام طور پر مرد اپنی بیویوں کے بارے میں غلط معلومات اور تصور دیتے ہیں وہ جو بھی اپنی بیویوں کے بارے میں بتاتے ہیں اس سے ان کی بیویاں اس کے بالکل برعکس ہوتی ہیں۔

لیکن اس نے راج صاحب سے رشمی کے بارے میں جو کچھ سنا تھا رشمی بالکل اس کے مطابق تھی۔ اس کے چہرے پر کوئی شکن نہیں تھی۔

جب اس کا شوہر زندگی اور موت کی لڑائی میں مصروف ہو۔

رشمی ملنے والوں سے بتا رہی تھی کہ سب کچھ کس طرح ہوا۔

وہ شاید رشمی کے شناسا یا قریبی تعلقات والے تھے۔ وہ اسے نہیں جانتی تھی اس لیے اس نے اس پر صرف ایک اچٹتی نگاہ ڈالی اور اندازہ لگایا شاید وہ راج صاحب کی فرم کی کوئی ورکر ہو گی۔

اس لیے اس نے رشمی سے باتیں کر مناسب نہیں سمجھا۔

قریب کھڑی نرس سے راج صاحب کے بارے میں پوچھا۔

ااس کی آخری بات سن کر اس کا دل دھک سے رہ گیا۔

راج صاحب کے بچنے کی امید کم ہے یہ سن کر اس دل بھر آیا اور آنکھ کے سامنے اندھیرا سا چھانے لگا۔

اسے لگا جیسے اس نے کسی اپنے کے بارے میں کوئی بری خبر سنی ہو۔

یوں تو راج صاحب نہ تو اس کے اپنے تھے اور نہ پرائے۔

راج صاحب سے اس کا کوئی رشتہ نہیں تھا لیکن پھر بھی ان سے اس کا جو رشتہ تھا وہ اس رشتے کو کیا نام دے اس کی سجھ میں کچھ نہیں آ رہا تھا۔

وہ غور سے رشمی کو دیکھتی رہی۔ رشمی اس کی طرف سے بے پروا موبائل پر کسی سے بات کر رہی تھی۔

وہ رشمی کی باتوں، حرکات و سکنات سے ان باتوں کا موازنہ کر رہی تھی جو راج صاحب نے اسے رشمی کے بارے میں بتائی تھیں۔

اس عورت نے راج جیسے آدمی کو کتنے دکھ دیے تھے یہ تو راج صاحب ہی جانتے تھے یا وہ۔۔ وہ اس لیے کہ راج صاحب ان کا دل، ان کی زندگی ان کے سکھ دکھ سب کچھ

کھول کر رکھ دیا تھا۔

راج صاحب کی زندگی اس کے لیے ایک کھلی کتاب تھی۔

راج صاحب سے دو دن ملاقاتوں میں ہی اس نے جان لیا تھا راج ایک سچا انسان ہے۔ اس کی باتوں میں جھوٹ چھل، کپٹ، عیاری مکاری نہیں ہوتی ہیں۔

اس لیے اسنے راج کی ہر بات پر یقین کر لیا تھا اور ان باتوں کی روشنی میں راج کی زندگی کسی فلم کی طرح اس کے ذہن کے پردے پر تھرکتی رہتی تھی۔

راج سے اس کی پہلی ملاقات راجو کی اسکول میں ہوئی تھی۔

وہ راجو کو اسکول چھوڑنے کے لیے گئی تھی اور راج صاحب اپنی بیٹی پنکی کو چھوڑنے کے لیے اسکول آئے تھے اس وقت اسے پتہ چلا کہ راجو اور پنکی ایک ہی کلاس میں پڑھتے ہیں۔

بچوں کو چھوڑتے ہوئے دونوں نے ایک دوسرے پر اچٹتی نظریں ڈالیں اور پھر واپس چل دیئے۔ پہلی ملاقات اس سے زیادہ نہیں تھی۔

لیکن راج صاحب کی شخصیت میں ایک کشش تھی جس سے وہ متاثر ہوئے بنا نہیں رہ سکی۔

اسے اس بات کا احساس تھا کہ اس کی شخصیت میں بھی ایک ایسی کشش ہے جس سے کوئی مرد متاثر ہوئے بنا نہیں رہتا تھا۔ وہ مرد بھی جو عورتوں کو خاطر میں نہیں لاتے تھے۔

اس کے حسن، شخصیت، کشش سے اگر کوئی متاثر نہیں ہو سکا تو وہ امیت تھا اس کو شوہر امیت۔

امیت نے اسے ہمیشہ اپنے پیروں کی جوتی سمجھا اور اسے کبھی بھی ایک استعمال کر

نے والی چیز سے زیادہ اہمیت نہیں دی۔

اس لیے اسے امیت سے نفرت تھی۔ لیکن اس نفرت کا نہ تو وہ اظہار کر سکتی تھی اور نہ کبھی اس نفرت سے کام لے سکتی تھی۔

کیونکہ امیت اس کا شوہر تھا۔

اور ایک شوہر کے سامنے عورت سب سے زیادہ بے بس ہوتی ہے۔

وہ ایک بیوی کے فرائض انجام دیتی تھی یہ اس کے فرائض میں شامل تھا۔

اسے امیت سے کسی بات کی توقع بھی نہیں تھی بس اس کے ساتھ زندگی گزارنی تھی۔

دونوں کا ایک دو بار اور آمنا سامنا ہوا تو راج صاحب نے اسے مسکرا کر دیکھا اور اس نے بھی راج کی مسکراہٹ کا جواب مسکراہٹ سے دیا۔

اس کے بعد ایک دو باتیں ہوئیں۔

"راجو آپ کا لڑکا ہے؟"

"ہاں"

"بڑا پیارا بچہ ہے۔ پنکی ہمیشہ اس کا ذکر کرتی رہتی ہے۔

"ہاں راجو بھی اکثر پنکی کے بارے میں بتاتا رہتا تھا کہتا تھا اس کے ڈیڈی بہت اچھے ہیں پنکی کی ہر ضد پوری کرتے ہیں۔"

"دونوں کلاس میں ایک ہی ڈیسک پر بیٹھتے ہیں نا! اس لیے دونوں کو ایک دوسرے کے گھروں کے بارے میں سب کچھ معلوم ہے۔"

پہلے اسکول میں باتیں ہو جاتی تھیں ایک دن راج نے اسے چائے پینے کی دعوت دی تو وہ انکار نہ کر سکی۔

وہ راج کی کار میں جا بیٹھی وہ کار ایک شاندار ہوٹل کی طرف چل دی اس شاندار ہوٹل میں داخل ہونے کے بارے میں بھی اس نے کبھی نہیں سوچا تھا۔ راج صاحب نے اس دن اسے وہاں کافی پلائی اور اپنے اور اپنے کاروبار کے بارے میں بتایا۔

راج کا بہت بڑا کاروبار تھا۔ کاروبار کی وجہ سے تجارتی حلقہ میں انکا اچھا خاصہ رسوخ بھی تھا۔

پھر اس کے لاکھ انکار کرنے کے باوجود راج اسے اپنی کار میں اس کے گھر تک چھوڑ گیا۔

اس دن وہ دن بھر راج کے بارے میں سوچتی رہی۔

اس کو راج کی باتوں یا حرکتوں میں کہیں بھی کوئی ناشائستہ حرکت نظر نہیں آتی تھی نہ اسے ایسا محسوس ہوا تھا جیسے راج اسے اپنی دولت سے مرعوب کر کے اس پر ڈورے ڈالنا چاہتا ہے۔

اسے راج کی باتوں اور برتاؤ میں ایک خلوص محسوس ہوا۔

اور راج کے اس خلوص کے جذبے کی وجہ سے اس کے دل میں راج کے لیے نہ صرف ایک مقام بن گیا بلکہ عزت بھی بڑھ گئی۔

اس لیے دو دن بعد راج نے جب دوبارہ اسے کافی کا آفر دیا تو اس نے انکار نہیں کیا۔

اس دن وہ بہت دیر تک ساتھ رہے۔

اسے بھی گھر میں کوئی کام نہیں تھا۔ امیت جو سویرے گھر سے جاتا تھا تو دیر رات ہی گھر واپس آتا تھا۔

اس دوران اس کے پاس راجو کو اسکول چھوڑنے اور اسے اسکول سے لانے کے علاوہ کوئی کام نہیں تھا۔

اس دوران راج کچھ کھلا تو اسے پتہ چلا کہ اوپر سے اتنا بڑا آدمی ایک کامیاب بزنس مین اندر سے کتنا ٹوٹا ہوا ہے۔

صرف اپنی بیوی کی وجہ سے۔

رشمی ایک امیر باپ کی بگڑی ہوئی اولاد ہے۔ اس لیے کسی کو خاطر میں نہیں لاتی ہے۔ شوہر اس کے لیے ایک تمغہ ہے جس کا نام وہ اپنے نام کے ساتھ سجاتی ہے۔ اس کی زندگی میں نہ تو شوہر کی کوئی اہمیت ہے اور نہ ضرورت۔۔ اس کے پاس تو اپنی بیٹی کو بھی دینے کے لیے وقت نہیں ہے۔

وہ اپنی دنیا میں مست رہتی ہے۔ ہائے سوسائیٹی میں اٹھتی بیٹھتی ہے اور شوہر کی دولت اڑاتی پھرتی ہے۔

رشمی کی کہانی سن کر اس کے دل میں راج کے لیے عقیدت دوگنا ہو گئی سچ مچ وہ ایک دیوتا صفت انسان ہے جو رشمی جیسی عورت کے بیوی کے طور پر برداشت کیئے ہوئے ہے۔

راج کھلا تو وہ بھی اپنے اوپر قابو نہیں رکھ سکی۔

اس نے بھی اپنی زندگی کسی کتاب کی طرح کھول کر راج کے سامنے رکھ دی۔ اپنی زندگی کے سارے تاریک گوشے اس کے سامنے عیاں کر دیے اور امیت کے مظالم کو بھی۔

اس کی کہانی سن کر راج افسردہ ہو گیا۔

"میں سمجھتا تھا دنیا میں میں ہی سب سے زیادہ دکھی انسان ہوں۔ "مگر کوملا جی! آپ کی کہانی سن کر مجھے احساس ہوا دنیا میں تو مجھ سے زیادہ آپ دکھی ہیں۔ آپ کسی دیوی سے کم نہیں ہیں جو ایک شیطان کے مظالم چپ چاپ صرف اس لیے برداشت کیے جا رہی ہیں

کیونکہ وہ آپ کا شوہر ہے۔"

اتنی ملاقاتوں کے بعد بھی اس نے کبھی ایک لمحہ کے لیے بھی محسوس نہیں کیا کہ اس کے لیے راج کی آنکھوں میں کبھی شہوانیت کا جذبہ جاگا ہے۔

دونوں دو دوستوں کی طرح ملتے گھنٹوں ایک دوسرے سے دو دوستوں کی طرح باتیں کرتے اور پھر واپس اپنے اپنے گھروں کو چل دیتے۔

راج کے منہ سے کبھی کوئی ایسی بات نہیں نکلی کہ اس کے دل میں اس کے لیے دوستی کے جذبے کے علاوہ بھی کوئی اور جذبہ ہے۔ اور نہ کبھی اس کی آنکھوں سے کبھی اس طرح کا جذبہ عیاں ہوا۔

جہاں تک اس کا تعلق تھا اس نے بھی کبھی راج کو نہ تو ان نظروں سے دیکھا اور نہ کبھی اس نظریے سے سوچا۔

امیت نے اس کیساتھ جس طرح کا سلوک کیا تھا اس کے بعد اسے دنیا مے تمام مردوں سے نفرت سی ہو گئی تھی۔ اس کی نظروں میں دنیا کے سارے مرد امیت کی کاپیاں تھے۔ جو عورت کو صرف ایک بھوگ کی چیز سمجھتے ہیں۔

لیکن راج سے ملنے کے بعد اس کے نظریات تبدیل ہو گئے تھے اور اسے محسوس ہوا تھا اس کی سوچیں یکسر غلط ہیں۔ دنیا کا ہر مرد امیت نہیں ہے۔ دنیا میں راج صاحب جیسے شریف النفس مرد بستے ہیں۔

ان کی روزانہ ملاقات ہوتی تھی۔

پہلے وہ کبھی کبھی پنکی کو چھوڑنے کے لیے اسکول آتے تھے۔ نوکر پنکی کو اسکول لا کر چھوڑ تا تھا۔ رشمی کے پاس تو ان باتوں کے لیے وقت ہی نہیں تھا۔

راج کاروبار کی وجہ سے مصروف بھی رہتا تھا۔

لیکن اس سے ملاقات کے بعد اس سے ملنے کی چاہ کے لیے وہ اپنی تمام کاروباری مصروفیات کو بالائے طاق رکھ کر پنکی یو چھوڑنے کے لیے اسکول آتا تھا۔

جہاں تک اس کا سوال تھا اس کی تو ڈیوٹی تھی۔ اور وقت گزری کا ذریعہ بھی۔ بچوں کو اسکول چھوڑنے کے بعد وہ کسی ریستوران یا یا کافی ہاؤس، ہوٹل میں جا بیٹھتے اور باتیں کرتے۔

باتوں کا سلسلہ کبھی طویل ہو جاتا اور دوپہر کے کھانے کا وقت ہو جاتا تو دوپہر کا کھا کسی ہوٹل میں کھا لیتے تھے۔

اسے راج صاحب سے باتیں کرتے ہوئے ایک ذہنی سکون ملتا تھا۔

جب بھی اس کے ساتھ کوئی ایسی بات ہوتی جو اس کا ذہنی سکون غارت کر دیتی جب تک وہ راج کو نہیں بتا دیتی اس کے ذہن میں ایک اتھل پتھل مچی رہتی۔ اسے راج کو وہ بات بتا کر ایک سکون مل جاتا تھا وہ اپنے آپ کو ہلکا محسوس کرتی تھی۔

یہ راج کے ساتھ بھی ہوتا تھا۔

جب بھی راج اور رشمی کے درمیان کسی بات پر تضاد ہوتا۔ راج کی بھی وہی حالت ہوتی تھی۔ اور راج کو بھی اس وقت سکون ملتا تھا جب وہ ساری باتیں کومل کو نہیں بتا دیتا اسے سکون نہیں ملتا تھا۔

انھیں ایسا محسوس ہوتا تھا اگر ان کے غم دکھ ان کے لیے کڑی دھوپ ہیں تو وہ ایک دوسرے کے لیے اس کڑی دھوپ میں گھنی چھاؤں ہیں جس کے تلے بیٹھ کر وہ اپنے غموں دکھوں کی کڑی دھوپ سے نجات پا لیتے تھے۔

کبھی وہ سوچتی بھی کہ وہ آگ سے کھیل رہی ہے۔

اگر امیت کو اس کے اور راج کے تعلقات کے بارے میں پتہ چلا تو وہ آتش فشاں کی

طرح پھٹ پڑے گا اور اس کے وجود کو جلا کر راکھ کر دے گا۔ اس کے ساتھ کیا سلوک کریگا وہ اس کو تصور بھی نہیں کر سکتی تھی۔

لیکن پھر وہ سوچتی آخر وہ ایسا کونسا قدم اٹھا رہی ہے جس کی وجہ سے اسے امیت کے سامنے شرمندہ ہوتا پڑے اس کے قہر کا سامنا کرنا پڑے۔

اس کے اور راج کے تعلقات ایسے تھے ہی نہیں جس کی وجہ سے پتی ورتا پن پر آنچ آئے۔

راج اور وہ دو دوستوں کی طرح ملتے باتیں کرتے اور اپنے اپنے گھروں کو چل دیتے ہیں جس طرح وہ اپنی کسی سہیلی کے گھر جاتی ہے، یا کوئی سہیلی اس کے پاس آتی ہے۔ یا کہیں مل جاتی ہے دونوں باتیں کرتی ہیں اور اپنے اپنے گھروں کو چل دیتی ہیں۔

دونوں کے تعلقات میں صرف اتنا فرق تھا کہ راج ایک مرد تھا اور وہ ایک عورت۔

اب یہ دنیا کی بات ہے کہ وہ ایک مرد اور ایک عورت کے دوستی کے تعلقات کو ہضم کر پاتی ہے یا نہیں۔

دنیا تو ایک مرد اور ایک عورت کے تعلقات کو ایک ہی نظر سے دیکھتی ہے۔ مرد اور عورت کے تعلقات کی نظر سے۔

آج وہی راج موت وحیات کی کشمکش میں تھا۔

اسے اندازہ تھا کیا بات ہوئی ہو گی جس کی وجہ سے راج اس حالت کو پہونچا ہے۔

کچھ دنوں سے راج بہت پریشان اور تناؤ کا شکار تھا۔ دو تین دن تک اس نے جب اس بارے میں پوچھنا چاہا تو وہ اسے ٹالتا رہا۔

لیکن آخر ایک دن اس نے اس کو سب بتا دیا۔

"اب تک میں سمجھتا تھا رشمی صرف ایک بگڑی ہوئی امیر زادی ہے جو دولت اڑانے

پر یقین رکھتی ہے۔ "لیکن اب مجھے پتہ چلا کہ وہ آوارہ اور بد چلن بھی ہے۔ پرائے مردوں کے ساتھ عیاشی بھی کرتی ہے۔ ایک شوہر کچھ بھی برداشت کر سکتا ہے لیکن یہ کس طرح برداشت کر سکتا ہے کہ اس کی بیوی غیر مردوں کے ساتھ عیاشی کرے۔ جب سے مجھے یہ بات معلوم پڑی ہے میری راتوں نیند حرام ہو گئی ہے۔ سوچتا ہوں رشمی سے قطع تعلق کرلوں تو پنکی کا خیال آتا ہے۔ پھر اس بات کا بھی ڈر ہے کہ اگر اس سے قطع تعلق کرلوں تو اس کے دل میں جو کچھ میرا تھوڑا سا ڈر ہے وہ بھی جاتا رہے گا۔

اور وہ اور زیادہ آزاد ہو جائے گی۔"

سچ مچ یہ ایسی بات تھی جس کو کوئی بھی غیرت مند برداشت نہیں کر سکتا ہے۔

اسی معاملے پر دونوں کے درمیان جھگڑا ہو گیا ہو گا اور رشمی نے کچھ ایسی باتیں کہہ دی ہوں گی جو راج برداشت نہیں کر پایا ہو گا اور اسے ہارٹ اٹیک آگیا ہو گا جس کے ساتھ اس کا برین ہیمرتج بھی ہو گیا ہو گا۔ اور وہ کوما میں چلا گیا۔

دوسرے دن جب وہ راجو کو اسکول چھوڑنے کے لیے گئی تو پنکی اسکول نہیں آئی تھی۔ پتہ چلا کہ راج صاحب کا کوما کی حالت میں رات انتقال ہو گیا۔

یہ سن کر اس کی آنکھوں کے سامنے اندھیرا سا چھانے لگا۔ اس کے دل چاہا وہ دہاڑیں مار مار کر روئے۔ لیکن اس نے بڑی مشکل سے خود پر قابو رکھا۔

آخر اس کے سر سے وہ گھنی چھاؤں چھن ہی گئی جس کے سایے میں بیٹھ کر وہ اپنے غموں کی کڑی دھوپ سے کچھ دیر کے لیے نجات حاصل کر لیتی تھی۔

☆☆☆

کب صبح ہو گی

رات کے بارہ بج رہے تھے اور رنگی کو ایسا محسوس ہو رہا تھا وہ اس سرد رات میں صدیاں گزار چکی ہے۔

چاروں طرف تاریکی پھیلی ہوئی تھی سڑک پر کالا کتا بھی دکھائی نہیں دیتا تھا۔ سڑک کے اس کونے سے اس کونے تک جہاں تک نظر جاتی تھی سنسان تھی۔ سرد ہوائیں جسم میں سوئیاں سی چبھو رہی تھیں اس نے اپنی ساڑی اپنے جسم کے گرد لپیٹ رکھی تھی پھر بھی سر کا حصہ کھلا ہوا تھا۔ سرد برفیلی ہوائیں اس حصے سے چھیڑ خانیاں کر کے لطف اندوز ہو رہی تھیں۔

سال میں دو چار راتیں تو آتی ہی تھی جو قیامت کی ہوتی تھیں۔

وہ رنگی اور اس کے خاندان والوں کے لیے بھی قیامت کی ہوتی تھیں اور ان کے لیے بھی جن کے بڑے بڑے بنگلے یا ایک ایک فلور کے فلیٹ ہیں۔

بنگلے اور فلیٹ والوں کے لیے تو سرد راتیں گزارنے کا کوئی مسئلہ ہی نہیں تھا سرد راتوں میں وہ اپنے مکانوں کے دروازوں کو اچھی طرح بند کر لیتے اور گرم کپڑے نکال کر تن زیب کر لیتے، کمروں میں ہیٹر جلا لیتے یا گرم کمبلوں میں دبک کر سو جاتے۔

کچھ دیر میں ہی ان کے لیے سردی کا احساس مردہ ہو جاتا تھا اور وہ سویرے دیر تک سوتے رہتے تھے جب تک سردی کا اثر ختم نہ ہو جائے۔

لیکن رنگی اور اس کے خاندان والوں کے لیے تو وہ راتیں قیامت کی راتیں ہوتی

تھیں۔

شام پانچ بجے سے ہی یخ بستہ ہوائیں چلنے لگی تھیں۔

اس وقت وہ اپنے تینوں بچوں کے ساتھ پارک میں تھی۔ سردی کی وجہ سے اس دن پارک میں بھی بھیڑ نہیں کے برابر تھی۔

اس کے دونوں بڑے بچے پارک میں کھیل رہے تھے۔ اور وہ اپنے چھ مہینے کے بچے کے ساتھ ایک بینچ پر بیٹھی کھیل رہی تھی۔

اس بینچ کے قریب اسکی زندگی کا کل اثاثہ دو گٹھریوں اور ایک پیٹی کی شکل میں رکھا تھا۔

رنگا کہیں گیا تھا اسے یقین تھا وہ سات بجے کے قریب پارک میں ضرور آجائے گا۔

رنگی اس کا نام نہیں تھا اس کا نام وینکما تھا۔ لیکن لوگوں کو اس کا نام وینکما ذرا مشکل سا لگتا تھا اس لیے انھوں اس کا نام اس کے شوہر کی نسبت سے رنگی رکھ دیا تھا اور وہ رنگی کے نام سے مشہور ہو گئی تھی۔

اس کا شوہر چھوٹے موٹے کام کرتا رہتا تھا۔ دن بھر جو مل جاتا وہ شام کو لیکر آجاتا وہ لوگ ایک سستے سے ہوٹل کچھ سستا سا کھانا خرید کر کھا لیتے اور اس دوکان کے شیڈ کی طرف چل دیتے جس کے نیچے وہ اپنی رات بسر کرتے تھے۔ پارک سات بجے بند ہو جاتا تھا۔ سات بجے کے بعد نہ صرف پارک میں داخلہ منع تھا بلکہ پارک کے واچ مین پارک میں بیٹھے لوگوں کو بھی سات بجے کے بعد نکال دیتے تھے۔ ان میں رنگی کا خاندان بھی شامل تھا۔

یہ تو اچھا تھا پارک سات بجے صبح کھل جاتا تھا۔ اس لیے رنگی اپنے خاندان کے ساتھ ایک بڑے سے درخت کے سائے تلے ڈیرہ ڈال دیتی تھی اس طرح دن بھر سر چھپانے

کے لیے انھیں جگہ مل جاتی تھی۔

پارک میں اس کے بچے کھیلتے رہتے۔ وہ اپنے چھ مہینے کے بچے کے ساتھ کھیلتی رہتی۔

دونوں بڑی لڑکیاں تھیں اور لڑکا کچھ ماہ کا تھا۔

لڑکیاں پارک میں آنے والوں سے بھیک مانگتی تھیں۔

ان کے بھیک مانگنے کے طریقے بھی عجیب و غریب تھے۔

اپنے چھ ماہ کے بھائی کو گود میں لیکر وہ لوگوں کے سامنے کھڑی ہو جاتیں اور کہتیں۔

انکل! میرے بھائی کو دودھ کے لیے پیسہ دو نا یہ سویرے سے بھوکا ہے۔"

اگر کوئی صاحب حیثیت ہوتا تو وہ بچے پر ترس کھا کر ایک دو روپیہ ان کے ہاتھوں پر رکھ دیتا تھا۔

لیکن پارک میں زیادہ تو لوگ ان کے لیول کے ہی آتے تھے۔

بیکار نوجوان جو بیکاری سے تنگ آکر وقت گزارنے کے لیے وہاں آتے تھے۔

چرسی، نشے کے عادی لوگ جو نشہ کرنے کے بعد دنیا سے بے خبر ہو کر پارک کے کسی گوشے میں دبک کر سارا دن گزار دیتے تھے۔

عاشق جوڑے، جو دنیا کی نظروں سے بچ کر تنہائی میں کچھ وقت گزارنا چاہتے تھے۔

ان لوگوں سے بچوں کو بھیک کے نام پر ایک پیسہ بھی نہیں ملتا تھا۔

انھیں صحیح طور پر بھیک یا تو سویرے ملتی تھی یا شام میں جب پارک میں صاحب حیثیت وہ لوگ آتے تھے جو اپنی صحت کے لیے "جاگنگ پارک" میں دوڑتے تھے۔ یا جو بلڈ پریشر، شکر وغیرہ بیماریوں کے مریض تھے اور انھیں ڈاکٹر نے سویرے شام چلنے کی ہدایت کی تھی۔

ایسے لوگ اپنی بیماریوں کے صدقے میں ایک دو روپیہ ان بچوں کے ہاتھ پر رکھ دیتے تھے۔

بچوں کو جو بھی ملتا وہ پارک کے باہر جاکر دوکانوں سے چیزیں لیکر اڑا دیتے تھے یا پھر اگر زیادہ ہی مل جاتا تو اس کا کچھ حصہ لاکر ماں کے ہاتھوں پر رکھ دیتے تھے۔

بچے دن بھر اس طرح کی چیزیں کھاتے رہتے تھے اس لیے انھیں بھوک کی کوئی پر واہ نہیں ہوتی تھی جب اسے کبھی بھوک ستاتی وہ پارک کے باہر جاکر گاڑیوں سے کبھی وڑا پاؤ، کبھی پکوڑے وغیرہ کھاکر اپنی بھوک مٹا لیتی تھی۔

شام کو وہ اپنی زندگی کے کل اثاثے کے ساتھ پارک چھوڑ دیتے تھے۔

اس دوران اس نے اور رنگا نے پارک کے واچ مینوں کو بہت رجھانے کی کوششیں کیں انھیں لالچ بھی دیا کہ وہ انھیں پارک میں رات گزارنے کی اجازت دے دیں لیکن وہ اس بات کے لیے راضی نہیں ہوئے۔

ان کا کہنا تھا اگر رات کے ۱۰ بجے کے بعد ان کے آفیسر نے کسی کو پارک میں دیکھ لیا تو ان کی نوکری جاتی رہے گی۔

اس طرح انھیں اس پارک میں رات کا ٹھکانہ نہیں مل سکا۔

رات کا ٹھکانہ وہ بڑی سی دوکان کا بڑا سا چبوترا تھا۔

وہ دوکان رات میں نو بجے کے قریب بند ہوتی تھی۔ اس کے دونوں طرف دوکانوں کا سلسلہ تھا۔

۱۰ بجے تک تو اس سڑک پر کی تمام دوکانیں بند ہو جاتی تھیں۔

اس طرح انھیں کسی بھی دوکان کے شیڈ کے نیچے پناہ مل سکتی تھی۔

لیکن انھوں نے اس کپڑے کی دوکان کو ہی چنا تھا۔

اس دوکان کا چبوترا بہت اچھا بنا ہوا تھا۔ برسات کے دنوں میں ان کی برسات کے پانی سے حفاظت کرتا تھا۔ اگر وہ طوفانی بارش میں بھی اس شیڈ کے نیچے سوتے رہے تو بارش کے پانی کا ایک قطرہ بھی آکر ان کی نیند میں خلل نہیں ڈالتا تھا۔

اس لیے انھوں نے اسی دوکان کے رات گزارنے کے لیے پسند کیا تھا۔

وہاں سونے میں بھی کئی مسائل تھے۔

رات میں اس سڑک کے واچ مین آکر ان سے الجھتے تھے۔

ایسا شروع میں ہوا تھا۔

جب واچ مین انھیں وہاں سے بھگانے کی کوشش کرتے۔

لیکن جب واچ مین نے دیکھا کہ وہ شریف لوگ ہیں اس دوکان کے شیڈ کے نیچے سوتے رہے گے تو دوکان کی حفاظت بھی ہوتی رہے گی اور اس کی ذمہ داری بھی کم ہوگی تو اس نے ان سے الجھنا چھوڑ دیا۔

بلکہ جب بھی وہ راؤنڈ پر آتا اور ان میں سے کسی کو جاگتا پاتا ان سے خیر و خیریت دریافت کر کے آگے بڑھ جاتا تھا۔

رات میں اکثر پولس کی جیپ راؤنڈ پر آتی تھی۔

پولس والوں نے بھی شروع شروع میں انھیں ٹوکا۔ پھر جب انھیں اس جگہ کی مستقل سکونت کا پتہ چل گیا تو وہ بھی وہاں بنا رکے پوری رفتار سے آگے بڑھ جاتے تھے۔

اس طرح وہ اپنے خاندان والوں کے ساتھ آرام سے اس دوکان کے شیڈ کے نیچے سوتی تھی۔

کبھی کبھی رات کو جب اس کی نیند اچاٹ ہو جاتی تھی تو وہ اکثر اپنے بچوں رنگا اور اپنی زندگی کے بارے میں سوچتی رہتی تھی۔

کیا یہ دوکان، اس کا شیڈ یہ سڑک اور پارک اس کی زندگی کا مقدر ہے۔ اسے کبھی چھت کا سایہ نصیب نہیں ہو گا۔ چھت چاہے کسی جھگی جھوپڑے کی ہی کیوں نہ ہو۔

آٹھ سال سے تو یہی اس کا مقدر ہے۔ آٹھ سالوں میں نہ تو اس کا مقدر بدل سکا اور نہ زندگی کے معمولات۔

آٹھ سال قبل جب وہ اپنے گاؤں سے رنگناتھ کے ساتھ اس شہر میں آئی تھی تو اس بڑے سے شہر اس کی چکا چوندھ، اس میں رہنے والے صاف ستھرے لوگ، ان کی امارت، دولت، ان کی زندگی کو دیکھ کر حیرت زدہ رہ گئی تھی۔

اس وقت اس نے بھی ایک خواب دیکھا تھا۔

ایک دن وہ بھی اس شہر کا ایک حصہ بن کر رہ جائے گی اور ان لوگوں میں شامل ہو جائے گی۔

آٹھ سالوں میں وہ اس کا خاندان اس شہر کا ایک حصہ تو بن گیا ہے لیکن وہ اس کا خاندان ان لوگوں میں شامل نہیں ہو سکا۔

آٹھ سال قبل بھی اس کے پاس سر چھپانے کے لیے چھت نہیں ہے۔ آج بھی ان کے وجود چھت کے سائے سے محروم ہیں۔

آٹھ سالوں سے وہ پارک اور اس کپڑے کی دوکان کے شیڈ کے نیچے زندگی گزار رہے ہیں۔

وہ آٹھ سال قبل اپنے گاؤں سے کام کی تلاش میں اور ایک نئی زندگی شروع کرنے کے لیے شہر آئے تھے۔

انھیں شہر میں کام تو بے شمار ملے۔ لیکن ڈھونڈھنے پر بھی ایک نئی زندگی نہیں ملی۔

اور انھیں شہر آکر پتہ چلا شہروں میں لوگ نئی زندگی کی تلاش میں آتے ہیں لیکن شہروں

میں نئی زندگی ڈھونڈھنے سے نہیں ملتی۔ انھیں اپنی نئی زندگی پیسوں کے بل پر خریدنی پڑتی ہے یا پھر طاقت کے بل پر چھیننی پڑتی ہے۔

جنھیں نئی زندگی مل جاتی ہے پھر اس کو حفاظت میں انھیں بقیہ زندگی گزارنی پڑتی ہے۔

شہر میں رنگا کو اتنا کام ملتا تھا کہ انھیں گاؤں کی طرح بھوکا نہیں رہنا پڑتا تھا۔ وہ بھر پیٹ کھا لیتے تھے۔ وہ بھی چھوٹے موٹے کام کرنے میں لگ گئی تھی۔ تھوڑی بہت بچت ہو جاتی تھی۔

لیکن اتنی نہیں کہ وہ سر چھپانے کے لیے کہیں پر ایک جھونپڑا ہی خرید سکے۔

جب وہ پہلے بچے کی امید سے تھی تو ان کے آگے ایک مسئلہ کھڑا ہو گیا۔

سوال یہ سامنے تھا کہ وہ اپنے پہلے بچے کو کہاں جنم دے۔؟

شہر میں تو سر چھپانے کا ٹھکانہ نہیں تھا۔ اس لیے یہ طے کیا گیا کہ وہ اپنے پہلے بچے کو جنم دینے کے لیے گاؤں جائیں گے۔ گاؤں میں رنگا کا ایک ٹوٹا پھوٹا مکان تھا۔ وہ وہاں رہ سکتے ہیں۔

چنی کی پیدائش سے ایک ماہ قبل وہ گاؤں چلے گئے اور چنی کو دو ماہ کی گود میں لیکر شہر آئے۔

ان تین مہینوں میں اتنے دنوں میں جو کچھ انھوں نے بچت کی تھی وہ ختم ہو گئی کیونکہ گاؤں میں کوئی کام تو نہیں تھا جس کے کرنے سے دو پیسوں کی آمدنی ہو اور خرچ چل سکے۔

شہر میں چھوٹے بچے کے ساتھ رہنا ایک مسئلہ تھا۔

بچے کو سردی گرمی بارش سے بچانا۔ اور ہر لمحہ اس کا خیال رکھنا بڑا مصیبت بھرا کام

تھا۔ اس کے لیے اسے کام چھوڑنا پڑا۔ اب صرف رنگا کام پر جاتا تھا۔ اور وہ چنی کا خیال رکھتی تھی۔

آمدنی محدود ہو گئی تھی خرچ بڑھ گئے تھے اس پر رنگا کو شراب کی لت لگ گئی تھی۔ وہ کبھی پیسہ دیتا اور کبھی سارے پیسوں کی شراب پی کر آ جاتا۔ اسے اس بات کا بھی احساس نہیں رہتا کہ وہ بھوکی ہو گی۔

مجبوراً اس سے نجات حاصل کرنے کے لے اس نے بھیک مانگنا شروع کر دیا۔ چنی کو گود میں لیے جب وہ بھیک مانگتی تو دبلی پتلی مریل سے چنی کو دیکھ کر کوئی بھی اس کے ہاتھوں پر ایک آدھ روپیہ رکھ دیتا تھا۔ یہی سب کچھ گومتی کی پیدائش کے وقت بھی ہوا اور کرشنا کے جنم کے وقت بھی۔

آٹھ سالوں میں وہ تین بچوں کی ماں بن گئی تھی۔ ان کا پریوار دو فرد سے بڑھ کر پانچ نفوذ پر مشتمل ہو گیا تھا۔

لیکن تقدیر میں وہی پارک کی چلچلاتی ہوئی دھوپ کی تمازت سہتے دن تھے اور کپڑے کی دوکان کے شیڈ تلے کی سرد یخ بستہ منجمد کر دینے والی راتیں۔۔۔

سرد رات کا اس نے شام سے ہی انتظام کر لیا تھا۔

پارک میں ہی اس نے گرم کپڑے نکال لیے تھے۔

دوکان کے شیڈ میں پہونچنے کے بعد اس نے بستر لگایا اور تینوں بچوں کو چار چار پانچ پانچ کپڑے پہنا دیئے۔ ان کے پاس گرم کپڑے تو تھے نہیں اس طرح چار پانچ کپڑوں سے ہی وہ گرم کپڑوں کا کام لیتے تھے۔

رنگناتھ نے بھی اپنے پاس کے چار پانچ کپڑے پہن لیے۔

کرشنا کو نہ اس نے صرف دو تین کپڑے پہنائے بلکہ اپنے پاس کے ایک بڑے سے

کپڑے سے لپیٹ دیا۔

طریقہ کارگر ثابت ہوا تھا۔ اس طرح بچوں اور رنگا کے جسم میں گرمی آگئی۔ اسنے بھی دو ساڑیوں کو اچھی طرح اپنے گرد لپیٹ لیا۔

بچے اور رنگا سو گئے تو اس نے ان کے اوپر کمبل یا اوڑھنے کے لیے جو بھی چادریں وغیرہ تھیں ڈال دیں۔

سردی کے احساس کو دور کرنے کے لیے رنگا نے اس دن کچھ زیادہ ہی پی لی تھی اس لیے اس کے لیے سردی کا احساس پہلے ہی دور ہو چکا تھا وہ بستر پر گرتے ہی بے خبر سو گیا۔

بچے بھی سو گئے۔

لیکن وہ نہیں سو سکی۔

اسے ڈر تھا اگر وہ سو گئی تو کوئی بہت بڑا حادثہ ہو جائے گا۔ اس کی نیند اس کے خاندان کے افراد کے لیے مضر ثابت ہو سکتی ہے۔

اس لیے چاہے کچھ بھی ہو جائے اسے رات بھر جاگنا ہے۔

اس لیے وہ جاگ رہی تھی۔

اس کے پاس کوئی کپڑا یا چادر نہیں تھی جو وہ اپنے جسم کے گرد لپیٹ کر خود کو سردی سے بچانے کی کوشش کر سکے۔

اپنے پاس کی دو ساڑیوں سے وہ خود کو جتنا لپیٹ کر خود کو سردی سے بچا سکتی تھی اس نے وہ کوشش کر لی تھی۔ اس سے زیادہ وہ خود کو سردی سے بچانا بھی نہیں چاہتی تھی۔

اسے خوف تھا اس نے اگر اس سے زیادہ خود کو سردی سے بچایا تو اسے نیند آجائے گی اور آج کی رات اس کی آنکھوں میں نیند اس کے خاندان والوں کے مضر ثابت ہو سکتی ہے۔

اس لیے وہ چاہ رہی تھی کہ اسے سردی لگے سردی کی وجہ سے اس نیند نہ آئے۔ وہ جاگ کر اپنے پریوار والوں کو سردی سے بچاتی رہے۔

اور اس کوشش میں ایک ایک لمحہ صدیوں کی طرح کاٹ رہی تھی۔

من تو چاہ رہا تھا کہ آس پاس پڑے کاغذات، گتوں کے ٹکڑوں، لکڑی کے ٹکڑوں سے آگ جلا کر اسے تاپ کر جسم میں گرمی لائے اور سردی کا احساس دور کرے۔

لیکن اسے ڈر تھا آگ جلانے سے چبوترے کا قیمتی گرینائٹ خراب ہو جائے گا اور دوکاندار کو پتہ چلے گا کہ اس نے اس چبوترے پر آگ جلائی تھی تو پھر وہ اس کے خاندان کو رات میں اس چبوترے پر سونے نہیں دیگا۔

بچے یا رنگا کروٹ لیتے اور ان کے جسم سے چادر سرک جاتی تو وہ سردی سے بچنے کے لیے اپنے جسم کو سکوڑ کر گٹھری بن جاتے۔ فوراً اس کی توجہ ان کی طرف جاتی اور وہ ان کے جسم پر چادر درست کرتی وہ اسی لئے تو جاگ رہی تھی۔

بے خبر نیند میں اگر ان کے جسم سے چادر، گرم کپڑے سرک جائے تو وہ تو سوتے رہیں گے اور سردی اپنا کام کر کے دوسرے دن اس کے پریشانیاں بڑھا دے گی۔ چاہتی تو وہ بھی چادر میں گھس کر بچوں یا رنگا کے جسم سے لپٹ کر اس کڑکڑاتی سردی میں بھی گھوڑے بیچ کر سو سکتی تھی۔

رات کے شاید دو بجے ہوں گے۔

سردی اس کے لیے نا قابل برداشت ہو گئی تھی۔ اس سڑک پر آگ جلا کر تاپنے کا طے کیا اس نے چبوترے کے نیچے سڑک پر کاغذ، لکڑی کے ٹکڑے، گتے وغیرہ جمع کر کے آگ جلائی آگ کی حرارت جیسے ہی اس کے جسم سے ٹکرائی ایک فرحت بخش احساس اس کے اندر سرایت کر گیا۔

ہاتھوں کے ذریعے گرمی سارے جسم میں پھیلنے لگی۔ برف کی طرح سرد ہوتا جسم دھیرے دھیرے برف کی طرح پگھل کر گرم ہونے لگا۔

اچانک کرشنا کے رونے کی آواز ابھری اور وہ ایک جھٹکے سے آگ کے گرد سے اٹھی اور اوپر بھاگی۔ اس کے جسم سے کپڑا ہٹ گیا تھا اور اسے سردی لگ رہی تھی اس لیے وہ رونے لگا تھا۔ اس نے دوبارہ اسے کپڑے میں لپیٹا اور تھپک کر سلانے لگی وہ پھر سو گیا۔ تب تک اسکا جسم برف کی طرح سرد ہو گیا تھا۔

آگ کے پاس آئی تو آگ بھی بجھ چکی تھی۔ اس نے پھر کاغذات وغیرہ جمع کیئے اور آگ جلائی اور اپنے سرد ہوئے جسم کو تاپ کر گرم کرنے لگی۔

آگ تاپتے ہوئے وہ تھوڑی تھوڑی دیر بعد اٹھ کر جاتی اور بچوں اور رنگا پر ایک نظر ڈال دیتی۔ ان کے جسم پر بستر کپڑوں کو درست کرتی۔ جب سرد ہوائیں اس کے جسم میں سوئیاں سی چبھونے لگتیں تو وہ پھر دوڑ کر آگ کے پاس آتی اور آگ تاپ کر اپنے جسم کو گرم کرنے کی کوشش کرتی۔

رات کا ایک ایک پل صدیوں کی طرح گزر رہا تھا۔ اس کی قسمت میں زندگی کا ہر پل صدیوں کی طرح ہی گزرتا ہے۔

کہتے ہیں امیر لوگوں کے پاس وقت نہیں رہتا ان کے لیے وقت سکڑ کر کم ہو جاتا ہے لیکن غریبوں کے لیے زندگی کا ہر پل صدیوں سا ہوتا ہے۔ جو کاٹے نہیں کٹتا۔

اور وہ بھی صدیاں کاٹ کر انتظار کر رہی تھی کب صبح ہو گی؟

ان کی زندگی کی طرح اس رات کی بھی کب صبح ہو گی اسے خود پتہ نہیں تھا۔

***

مشکوک

گھر آ کر وہ پلنگ پر گرا اور گہری گہری سانس لینے لگا۔

اسے ایسا محسوس ہو رہا تھا اس کی سانسوں کی بڑھتی ہوئی اس رفتار سے اس کے سینے میں اسکا دم گھٹ رہا ہے۔ دل کی دھڑکنیں جو لمحہ بہ لمحہ بڑھتی جا رہی ہیں کسی بہت بڑے حادثہ کی خبر دے رہی ہیں۔ اسے محسوس ہو رہا تھا اس کا دل ایک دھماکے سے پھٹ جائے گا اس کا سارا جسم پسینے سے شرابور تھا۔

بیوی اسکی تلاش میں بیڈ روم تک آئی اور اس کی حالت دیکھ کر اس کے ماتھے پر بھی شکنیں ابھر آئیں۔

"کیا بات ہے؟ تمہاری طبیعت ٹھیک نہیں ہے کیا؟ بیوی نے پوچھا

"آں! وہ چونکا اور اپنی اس حالت سے باہر آیا۔

کچھ ہے۔۔۔ بہت پریشان لگ رہے ہو؟

"ہاں۔ کئی دنوں سے بہت پریشان ہوں۔"

"کس بات سے؟"

"آج پھر اسٹیشن پر پولس والوں نے چند داڑھی والوں کو پکڑا اور پوچھ تاچھ تفتیش کے نام پر ان سے غیر انسانی سلوک کرنے لگے۔"

"آخر تم ان باتوں سے پریشان کیوں ہوتے ہو؟" بیوی اس کا منشاء سمجھ گئی "پولس ایسا کرتی ہے تو یہ ان کا کام ہے۔۔ اس سے تمہیں کیا لینا دینا۔! تم نے کوئی گناہ نہیں کیا ہے

!تم بے قصور ہو !تم ایک شریف انسان ہو! تمہیں ڈرنے کی کوئی ضرورت نہیں ہے۔ اگر کسی وجہ سے پولس نے تم سے روک کر پوچھ تاچھ بھی کی تو تمہارے بارے میں اصلیت جان کر تمہیں چھوڑ دے گی۔"

"اور تب تک میری زندگی بھر کی کمائی، میری عزت خاک میں مل جائیگی۔" وہ بیوی کی بات سن کر ہی بھڑک اٹھا۔ "ہزاروں لوگوں کے سامنے مجھے روکا ٹوکا جائے گا۔ ہزاروں لوگوں کی نظریں مجھ پر مرکوز ہو جائیں گی۔ ان کے دلوں میں میرے لئے طرح طرح کے خیالات پیدا ہو جائیں گے۔ نہ وہ مجھے صرف شک کی نگاہ سے دیکھیں گے بلکہ اس بات پر یقین بھی کر لیں گے کہ سچ مچ میں نے کوئی جرم کیا ہے یا میرا تعلق ان کے معاملات سے ہے۔"

کہتا ہوا وہ تیزی سے آئینہ کے سامنے آکر کھڑا ہو گیا اور اپنا جائزہ لینے لگا۔

اسے آئینہ میں اپنی صورت بڑی بھیانک نظر آرہی تھی۔ اس کی آنکھیں سرخ انگاروں کی طرح دہک رہی تھیں۔ چہرے پر ایک وحشت اور کرختگی ابھر آئی تھی جس نے اس کے چہرے کے تاثرات کو اور زیادہ بھیانک بنا دئے تھے۔ چہرے کی داڑھی کے بال کھچڑی سے ہو گئے تھے۔ اس کے اس حلیے نے اسے خود سے جدا کر دیا تھا۔

"دیکھو! اس چہرے کو غور سے دیکھو۔ اس چہرے کو دیکھ کر کوئی بھی مجھ پر شک کر سکتا ہے۔ اور میں شک کی بنیاد پر گرفتار کیا جا سکتا ہوں۔"

"آج جس چہرے کی وجہ تم اپنے آپ کو مشکوک محسوس کر رہے ہو کیا تمہارا یہ چہرہ کچھ دنوں میں تبدیل ہو گیا؟" یہ چہرہ یہ خدوخال تو برسوں سے تمہارے جسم تمہاری شخصیت کا ایک بڑا اجزو ہے۔ لاکھوں لوگ تمہیں تمہارے اس چہرے کی وجہ سے جانتے ہیں۔ اور وہ یہ بھی جانتے ہیں کہ تم ایک نہایت شریف انسان ہو۔"

"لیکن پولس نہیں جانتی ہے نا!وہ بے بسی سے بولا۔ اور اس کی آنکھوں میں آنسو آ گئے۔"

وہ جانتا تھاوہ جتنا پریشان ہے اس سے زیادہ اس کی بیوی پریشان ہے وہ گھنٹوں اسے سمجھاتی رہتی تھی۔

"اکبر تم اپنے ذہن سے یہ شک نکال دو۔ کہ تم کبھی شک کی بنیاد پر گرفتار کر لیے جاؤ گے۔ تمہارے ساتھ غیر انسانی سلوک کیا جائے گا۔ تمہیں حوالات میں ڈال دیا جائے گا۔ تم کو اذیتیں دی جائیں گی اور تم پر طرح طرح کے بے بنیاد الزام لگا کر تمہارے نام کی خوب تشہیر کی جائے گی۔ اور پھر طرح طرح کی دفعات کا سہار لیکر تمہیں جیل میں ٹھونس دیا جائے گا۔ ان دفعات کی وجہ سے برسوں تمہاری ضمانت نہیں ہو پائے گی۔ اور تم جیل میں سڑتے رہو گے۔ برسوں بعد اگر تم ضمانت پر رہا ہوئے بھی تو تمہارا بھرا پرا گھر اجڑ چکا ہو گا تمھارے پاس زندگی گزارنے کا کوئی ذریعہ نہیں رہے گا۔ آج تم جو نوکری کر رہے ہو۔ تمہاری وہ نوکری بھی جاتی رہے گی۔ ہر کوئی تم کو مجرم سمجھے گا اور کہے گا"ضرور تم نے کوئی جرم کیا ہو گا تبھی تو اتنے دنوں تک جیل کی سلاخوں کے پیچھے رہے۔"

اس کے بعد ۱۵،۱۰ سالوں تک تم پر مقدمہ چلے گا۔ ۱۵،۱۰ سالوں بعد یہ فیصلہ ہوا بھی کہ تم بے قصور ہو۔ "تمہیں باعزت بری کیا جاتا ہے۔ پولس نے تم پر جھوٹا الزام لگایا تھا تو کیا حاصل ؟ تمھاری زندگی تو تباہ ہو چکی ہو گی۔ ایسا کچھ نہیں ہو گا۔ تمھارے وسوسے بے بنیاد ہیں۔"

"ایسا ہو سکتا ہے اور کبھی بھی ہو سکتا ہے۔ اور کسی کے ساتھ بھی ہو سکتا ہے۔ پولس اپنی کرسیاں بچانے کیلئے اپنے سینے پر تمغات سجانے کیلئے کچھ بھی کر سکتی ہے اور کر رہی ہے۔ پولس نے یہ اپنا طریقہ کار بنا لیا ہے۔ بڑے سے بڑے معاملے میں تفتیش کر کے

اصلی مجرم کو ڈھونڈنے کے بجائے کسی بے قصور کو پکڑ کر سارے معاملات اس کے سر مڑھ کر ہونے والی تنقید سے نجات پالو، اپنی کرسیاں بچالو، واہ واہی لوٹ لو، ٹی وی اسکرین پر اپنے کارنامے کے ساتھ دکھائی دو۔۔

اب اس بے قصور، بے گناہ کی زندگی تباہ ہو جاتی ہے تو ان کی بلا سے۔ ۱۰،۲۰ سالوں میں جب یہ فیصلہ ہو گا کہ وہ بے گناہ ہے تو نہ وہ وہاں رہے گی نہ ان سے کوئی باز پرس کی جائیگی نہ ان پر کوئی ایکشن لیا جائیگا۔ کیونکہ ہندوستان کے قانون میں ایسی کوئی دفعہ نہیں ہے کسی بے گناہ کو حراساں کرنے پر کسی وردی والے کے خلاف کوئی کاروائی کی جائے۔"

بیوی خود اس کی ان تاویلوں سے پریشان ہو کر اس کے سامنے ہتھیار ڈال دیتی تھی۔ بات صرف یہاں تک ہی محدود نہیں تھی۔

جب بھی ٹی وی پر کوئی خبر آتی کہ پولس نے کسی بڑے معاملے میں کسی بڑے مجرم کو پکڑا ہے وہ دیکھتے ہی چیخ اٹھتا۔

"جھوٹ! پولس نے کسی مجرم کو نہیں پکڑا ہو گا۔ کسی بے قصور کو پکڑ کر سارے الزامات اس کے سر دھر دیے ہوں گے اور تفتیش کی جھنجھٹ سے نجات حاصل کرنے کیلئے کسی بے قصور کی زندگی تباہ کرنے کا منصوبہ بنالیا ہو گا۔"

جب بھی کسی اخبار میں ایسی کوئی خبر آتی وہ بیوی کو پوری خبر پڑھ کر سناتا اور پھر اس خبر کی روشنی میں جواز اور تاویلیں پیش کر کے یہ ثابت کرنے کی کوشش کرتا کہ پولس نے کوئی کارنامہ انجام نہیں دیا ہے ایک بے قصور کو پکڑ کر اس پر سارے الزام لگا دیے ہیں۔

اسے ہر لمحہ محسوس ہوتا تھا جیسے وہ چاروں طرف سے گھر گیا ہے۔۔۔۔۔۔ پولس

والوں سے۔ پولس والے لمحہ بہ لمحہ اس سے قریب آتے جارہے ہیں۔ وہ چاہے تو اسے گولیوں سے بھون کر چھلنی کر سکتے ہیں۔ چاہے تو اسے گرفتار کر کے جانوروں کی اسے مار مار بے دم کر سکتے ہیں۔ چاہے تو اسے حوالات میں ڈال کر اذیت ناک سلوک کر سکتے ہیں۔ یا پھر کئی سالوں تک اسے جیل میں سڑا سکتے ہیں۔

اس پر کچھ بھی الزام لگا سکتے ہیں۔

اسے دہشت پسند قرار دے سکتے ہیں۔

اسے ملک دشمن قرار دے سکتے ہیں۔ اس پر ملک دشمنی کا الزام لگا کر اسے غدار قرار دے سکتے ہیں۔

بڑے بڑے ملک دشمنی کے واقعات میں اسے ملوث کر سکتے ہیں۔

وہ اس سیاہ دن کو بھول نہیں سکتا ہے۔

حسب معمول چھ بجے کے قریب وہ ڈیوٹی سے گھر واپس آرہا تھا۔ کہ اچانک ٹرین ایک جگہ رک گئی۔ جب کافی دیر تک ٹرین آگے نہیں بڑھی تو اس نے اور ٹرین میں سوار دیگر لوگوں سے پتہ لگانے کی کوشش کی کہ معاملہ کیا ہے؟

تب انھیں پتہ چلا۔

ٹرین کے اگلے اسٹاپ پر ایک ٹرین میں بم دھماکہ ہوا ہے اس طرح کے بم دھماکے سات آٹھ ٹرینوں میں سات آٹھ مقامات پر ہوئے ہیں۔

یہ سن کر اسکا دل تڑپ اٹھا۔

اسٹاپ زیادہ دور نہیں تھا ایک دو لوگوں کے ساتھ اس نے ٹرین چھوڑ دی اور اسٹیشن کی طرف چل دیا۔ انھیں اسٹیشن پہونچنے میں زیادہ دیر نہیں لگی۔

انھوں نے اس قیامت کو اپنی آنکھوں سے دیکھا۔

اسٹیشن کی چھت اڑی ہوئی تھی۔ جس ڈبے میں دھماکہ ہوا تھا اسکی چھت غائب تھی۔ ڈبہ بری طرح جلا ہوا تھا۔ ڈبے میں زخمی کراہ رہے تھے۔ کئی لاشیں اندر بکھری ہوئی تھیں۔ انسانی اعضاء ادھر اُدھر پڑے ہوئے تھے۔ لوگوں کا سامان ادھر اُدھر بکھرا ہوا تھا پولس کا کہیں نام ونشان نہیں تھا۔

وہ دیگر لوگوں کے ساتھ امداد کے کاموں شامل ہو گیا۔ ڈبے سے زخمی لوگوں کو نکال کر سڑک تک لاکر اسپتال تک پہنچاتا۔ لاشوں کو نکال کر ایمبولینس میں ڈالتا۔ انسانی اعضاء کو ایک جگہ جمع کرتا۔ بکھرے سامان کو یکجا کرتا۔

وہ ان کاموں میں کچھ اس طرح کھو گیا کہ اسے اس بات کا ہوش ہی نہیں رہا کہ گھر پر بیوی اس کا انتظار کر رہی ہو گی۔ اس کی بیوی کو ٹرین میں ہوئے دھماکوں کا پتہ چل گیا ہو گا۔ بیوی کو علم ہے وہ ڈیوٹی سے گھر واپس آتا ہے۔ اور ابھی تک گھر نہیں پہونچا ہے۔ کہیں وہ بھی ان دھماکوں کا شکار نہ ہو گیا ہو؟ بیوی اس سے مسلسل رابطہ قائم کرنی کوشش کر رہی تھی لیکن موبائیل بند تھے۔

ایک دو بار راحت کاری کے کاموں سے الگ ہو کر اس نے گھر فون لگانے کی کوشش بھی کی تھی لیکن ناکام رہا تھا۔ اس کے بعد وہ متاثرین کی امداد کے کام میں لگ جاتا تو پھر اسے بیوی، بچوں اور گھر کا ہوش ہی نہیں رہتا تھا۔

اسے پتہ چلا تھا ساری ٹرینیں بند ہیں۔ وہ واپس گھر نہیں جاسکتا اس لیے متاثرین کی مدد کرنے میں لگا ہوا تھا۔

کام ختم ہوا تو رات کے ۱۲ بج رہے تھے۔ ۱۲ بجے اس نے بیوی کو کسی طرح پیغام دیا کہ وہ خیریت سے ہے اس کی فکر نہ کرے وہ گھر آنے کی کوشش کر رہا ہے۔

کسی طرح وہ رات کے ۲ بجے گھر پہونچا تھا۔

بیوی اور کئی پڑوسی اس کی راہ دیکھ رہے تھے۔ اس نے سارے واقعات انہیں سنائے رات گزر گئی دوسرے دن زندگی پھر معمول پر آگئی تھی۔ وہ سویرے پھر ڈیوٹی پر چلا گیا۔

شام واپس آیا تو ایسا محسوس ہوتا تھا جیسے وہ زندگی کا ایک عام سا دن ہے کل اتنا بڑا حادثہ ہوا لوگ جیسے بھول گئے تھے۔ وہ بھی بھول گیا تھا کہ وہ حادثہ اس نے اپنی آنکھوں سے دیکھا ہے۔ ایک ایک دردناک منظر کا وہ چشم دید گواہ ہے رات کا کھانا کھا کر وہ سو گیا۔

اچانک ایسا محسوس ہوا جیسے قیامت آگئی ہو۔

آدھی رات کا وقت تھا جب آنکھ کھلی، دروازہ زور زور سے پیٹا جا رہا تھا۔ گھبرا کر اسنے دروازہ کھولا تو باہر کا منظر دیکھ کر اس کا دل دھک سے رہ گیا پورا علاقہ کسی پولس چھاؤنی میں تبدیل ہو گیا تھا۔ گلی میں چاروں طرف پولس کی وردیاں دکھائی دے رہی تھیں۔ انھوں نے کچھ لوگوں کو گرفتار کر رکھا تھا۔ اور ان سے باز پرس کر رہے تھے۔

اس کے دروازہ کھولتے ہی چار پانچ پولس والے دندناتے ہوئے گھر میں گھس آئے ایک نے بندوق کی نال اس کے سینے پر رکھ دی اور باقی گھر کی ایک ایک چیز کو تہس نہس کرنے کے انداز میں الٹ پلٹ کر کے دیکھنے لگے۔

بیوی نے احتجاج کیا تو ایک پولس والا غرایا۔

"زیادہ گڑبڑ کی تو لے جا کر جیل میں ٹھونس دیں گے۔ ہمیں اپنا کام کرنے دے۔

"ایک سپاہی اس پر سوالات کی بوچھار کرنے لگا۔

"تمہارا نام کیا ہے؟"

"کہاں کام کرتا ہے؟"

"کل کہاں تھا؟"

"کل دن میں کہاں تھا؟"

"تیرے کن کن لوگوں سے تعلقات ہیں۔"

سارے گھر کو تہس نہس کرنے کے بعد جب انہیں کچھ نہیں ملا تو جھلا کر ایک نے آرڈر دیا۔

"اسے پولس اسٹیشن لے چلو۔۔۔ صاحب اس کے بارے میں فیصلہ کریں گے۔"

"بیوی نے اس بات پر احتجاج کیا تو اسے ایک پولس والے نے اس بری طرح دھکا دیا کہ وہ منہ کے بل گر پڑی اور اس کے منہ سے خون نکلنے لگا۔

اسے پولس کی جیپ میں ڈال کر پولس اسٹیشن لایا گیا۔ پولس اسٹیشن میں ۲۰۰ کے قریب لوگ تھے۔

انہیں کومیپنگ آپریشن کے نام پر پولس اسٹیشن لایا گیا تھا۔ بم دھماکوں کی تفتیش کے نام پر پولس نے شہر کے کئی علاقوں میں اس طرح کی کاروائیاں کی تھیں۔ ہزاروں لوگوں کو گرفتار کیا گیا تھا۔

رات بھر ان سے پوچھ تاچھ کی جاتی رہی۔ ان کے ساتھ پولسیانہ سلوک کیا جاتا رہا۔

کچھ سراغ ہاتھ نہ آنے پر دوسرے دن ان لوگوں کو چھوڑ دیا گیا۔

گھر آیا تو پتہ چلا کہ بیوی اسپتال میں ہے اسے اس گرفتار کر کے لے جانے کا وہ صدمہ برداشت نہیں کر سکی تھی اور بے ہوش ہو گئی تھی۔ پڑوس کی چند عورتوں نے اسے اسپتال پہونچادیا تھا۔

وہ سیدھا اسپتال گیا۔ اسے دیکھ کر بیوی کی جان میں جان آئی شام تک اس نے ڈاکٹر سے ضد کر کے رخصت لے لی۔ اور وہ گھر آئے۔

تیسرے دن اسے آفس جانا پڑا۔ لیکن گذشتہ دو دنوں کے اثرات اس ذہن سے

مٹ نہیں سکے تھے۔ اور اسکے ساتھ جو کچھ ہوا ان واقعات کا ایک ایک منظر اس کے ذہن میں چکراتا تھا۔ اس وجہ سے وہ کچھ اکھڑا اکھڑا سا رہا۔ آفس میں اس کا دل نہیں لگ رہا تھا۔ اس شام جب وہ واپس آرہا تھا تو اس نے کچھ ایسے مناظر دیکھے جنہیں دیکھ کر اس کا دل دہل گیا۔ ہر اسٹیشن پر پولس فورس موجود تھی۔ ہر آنے جانے والوں کو روکا جارہا تھا اس سے باز پرس کی جارہی تھی اس کے سامان کی تلاشی لی جارہی تھی۔ جس پر ذرا بھی شک ہوتا اسے پولس جیپ میں بٹھا کر پولس اسٹیشن پہونچا دیا جاتا۔ یہ مناظر دیکھ کر اس کی آنکھوں کے سامنے اندھیرا سا چھا جاتا۔ اسے محسوس ہوتا پولس والے اسے گھور رہے ہیں۔ وہ انکی نظر میں مشکوک ہے ابھی اسے آدبوچیں گے۔

اور ایک بار پھر اس کے ساتھ وہی سب کچھ ہو گا جو دو دن قبل وہ جھیل چکا ہے۔

اف وہ سیاہ رات۔۔ اس کی اذیتیں وہ کبھی انھیں بھول نہیں سکتا۔

ایک سیاہ رات۔۔ جو اس کی زندگی کا ایک سیاہ باب بن گئی۔ اگر پھر کسی وجہ اسے شک کی بنیاد پر گرفتار کر لیا گیا تو وہ سیاہ راتیں اس کی زندگی کا مقدر بن جائے گی۔

اسے جہاں کوئی پولس کا سپاہی دکھائی دیتا وہ اس سے کترا کر گزرنے کی کوشش کرتا۔

اسے احساس تھا اس طرح وہ انگاروں سے کھیل رہا ہے۔ اس طرح اگر پولس کو اس پر شک نہ بھی ہو تو ہونے لگے گا اور وہ مصیبت میں پھنس جائے گا۔ لیکن پولس والوں کا سامنا کرنے کی اس میں سکت نہیں تھی۔

روزانہ ٹی وی پر خبریں آتی کہ شک کی بنیاد پر بم دھماکوں کے سلسلے میں اتنے لوگوں کو گرفتار کیا گیا۔ اخبارات مشکوک لوگوں کے بارے تفصیلات سے خبریں پیش کرتے۔

اور لمحہ بہ لمحہ اسے محسوس ہوتا ایک دن وہ بھی ان مشکوک لوگوں میں شامل ہو کر

اس عذاب کا شکار بن جائے گا۔

اور اسے محسوس ہو رہا تھا کہ وہ اس وقت اس عذاب میں مبتلا رہے گا جب تک اس سلسلے میں پولس کی تحقیقات ختم نہ ہو جائے۔

***

مہربانی

رینو سے پہلی ملاقات بالکل اتفاقیہ تھی۔ نہ تو اس سے قبل اسے کبھی دیکھا تھا نہ اس کا کبھی نام سنا تھا۔ نہ اس کے بارے میں کسی بھی بات کا پہلے سے کوئی علم تھا۔

ایک دن آفس سے گھر جاتے ہوئے آفس کا ایک ساتھی سندیپ کہنے لگا۔

"اگر فرصت ہو تو جا کر سنجیونی اسپتال سے ہو آتے ہیں؟"

"خیریت"

میرا ایک دوست ہے منوہر! وہ سخت بیمار ہے اور اس اسپتال میں ایڈمیٹ ہے سوچتا ہوں آج اس کو دیکھ کر گھر جاؤں۔"

"ٹھیک ہے۔ میں بھی فری ہوں۔ اس نے جواب دیا تھا۔"

دونوں اسپتال پہونچے تھے اور منوہر کو ڈھونڈھتے اس کے وارڈ اور اس کے بیڈ تک۔

منوہر ایک ۲۵، ۲۰ سال کا خوبصورت نوجوان تھا اس وقت بیڈ پر لیٹا ہوا تھا۔

اس کی حالت بتارہی تھی کہ وہ کئی دنوں سے اسپتال میں ایڈمیٹ ہے۔ چہرے کی داڑھی بڑھی ہوئی تھی۔ آنکھیں اندر دھنسی ہوئی تھی اور چہرے سے وحشت برستی تھی۔

'یہ میرے آفس میں کام کرتے ہیں ان کا نام دلیپ ہے سندیپ نے منوہر سے اس کا تعارف کرایا تھا۔ پھر منوہر سے پوچھنے لگا تھا۔

"کیابات ہے آخر یہ بیماری کیا ہے کچھ سمجھ میں نہیں آیا؟"

'کیا بیماری ہے میری تو کچھ سمجھ میں نہیں آرہا ہے۔"منوہر نے بیزاری سے جواب دیا تھا۔'میں تو اس اسپتال میں اس بیڈ پر لیٹے لیٹے بور ہو گیا ہوں جی تو چاہتا ہے ابھی گھر چلا جاؤں لیکن ڈاکٹر چھوڑنے کا نام نہیں لیتے۔"

'نمستے بھائی صاحب۔اسی وقت ایک میٹھی آواز گونجی تو اس نے سر اٹھا کر دیکھا۔'

سامنے ایک خوبصورت سے ۲۲،۲۰ سالہ عورت کھڑی تھی اس نے ایک سادی ساڑی بالکل گھریلو عورتوں کے انداز میں تن زیب کئے تھی۔

لیکن اس میں بھی اس کی خوبصورتی دوبالا ہو رہی تھی۔اس کے چہرے کے نقش و نگار بڑے پر کشش تھے۔رنگ گورا اور جسم متناسب تھا۔

'نمستے رینو بھابی'سندیپ نے جواب دیا تھا۔"یہ میرے آفس میں کام کرتے ہیں ان کا نام دلیپ ہے۔

کہتے سندیپ نے رینو سے اس کا تعارف کرایا تھا۔

'نمستے'رینو نے مسکرا کر اس کے سامنے ہاتھ جوڑے تھے۔

رینو کی دلکش مسکراہٹ اسکے ذہن پر ایک گہری چھاپ چھوڑ گئی تھی۔

اس کے بعد منوہر اور سندیپ میں باتیں ہوتی رہی۔وہ ادھر اُدھر دیکھتا رہا یا پھر چور نظروں سے رینو کا جائزہ لیتا رہا۔رینو کبھی سندیپ کا منہ دیکھتی تو کبھی منوہر سے کچھ کہنے لگتی۔اس کی طرح بالکل دھیان نہیں دیتی تھی۔کبھی غیر ارادی طور پر دونوں کی نظریں مل جاتی تھیں تو چونک پڑتی تھی اور پھر مسکرا کر رہ جاتی تھی۔

پھر جب وہ منوہر سے رخصت ہوئے تو رینو انھیں چھوڑنے کے لیے گیٹ تک آئی۔

"آخر ڈاکٹر کیا کہتے ہیں؟ کونسی بیماری ہے؟" سندیپ نے پوچھا۔

'بار بار ریڈ بلڈ سیل کم ہو جاتے ہیں جس کی وجہ سے کمزوری پیدا ہو جاتی ہے ڈاکٹر کہتے ہیں کافی لمبا علاج کرنا پڑے گا۔ کافی خرچ آئے گا اور بہت دنوں تک دواخانے میں رہنا پڑیگا۔

رینو نے جب منوہر کی بیماری کے بارے میں بتایا تو جسم میں ایک جھرجھری سی آ گئی۔

اسے باتوں سے پتہ چلا تھا کہ منوہر ایک نوکری پیشہ آدمی ہے۔

اس شہر میں اس کا کوئی نہیں ہے۔ بیماری اور علاج کا خرچ وہ زیادہ دنوں تک برداشت نہیں کر پائے گا۔

پھر وہ سوچنے لگا قدرت غریبوں کو اتنی بڑی بڑی بیماریاں کیوں دے دیتی ہے؟

راستے بھر وہ منوہر کے بارے میں سوچتا رہا۔

کبھی کبھی رینو کا بھی خیال آجاتا تھا۔

بیچاری رینو!

ان کی شادی کو مشکل سے دو تین سال ہوئے ہوں گے۔ شاید ابھی تک کوئی بچہ نہیں تھا۔ ابھی تو انھوں نے صحیح طرح سے زندگی کو دیکھا بھی نہیں تھا اور مقدر نے اسے اتنے سخت امتحان میں ڈال دیا۔ شوہر کی خدمت کرنا تو ہر بیوی کا فرض ہوتا ہے۔ وہ بھی اپنے پتی کی سیوا کر رہی ہے۔

لیکن آئندہ زندگی کس طرح گزرے گی؟ ان کا کیا ہو گا اس بات کا وہ تصور بھی نہیں کر سکتے۔

کچھ چہرے ذہن پر گہرا تاثر چھوڑ جاتے ہیں۔

ان میں رینو کا چہرہ بھی شامل تھا۔

اکثر وہ رینو کے بارے میں سوچتا تھا جب بھی اس کے بارے میں سوچتا اس کی آنکھوں کے سامنے رینو کا سراپا روشن ہو جاتا تھا۔ سندیپ سے اس کے بعد کبھی منوہر کے بارے میں کوئی بات نہیں ہو سکی کہ اس کا کیا ہوا۔ اس کی زندگی کس طرح گزر رہی ہے۔ اس لیے وہ منوہر کو تقریباً بھول گیا تھا۔

لیکن رینو بھولنے جیسی چیز نہیں تھی چاہ کر بھی وہ اسے بھول نہیں سکا۔

اور ایک دن رینو اس کے سامنے کچھ اس انداز سے آئی کہ وہ کبھی اس کے بارے میں سوچ بھی نہیں سکتا تھا۔

اس کے کبھی خواب میں بھی نہیں سوچا تھا کہ کبھی اس کی رینو سے ملاقات ہوگی اور ایسے حالات میں۔

اسکا دوسرے شہر سے ایک دوست آیا تھا۔

وہ کچھ رنگین مزاج کا تھا۔

'دلیپ! میں نے ممبئی کے ڈانسنگ باروں کے بارے میں بہت کچھ سنا ہے۔ آج کی شام میں کسی بیئر بار میں گزارنا چاہتا ہوں۔"

"فکر مت کرو۔ مجھے اندازہ ہے تمھاری جیب تمھیں میری اس تفریح کی اجازت نہیں دے گی۔ اس لیے تم فکر مت کرو پورا خرچ میں کروں گا میں اپنے اس طرح کے شوق کے لیے دوستوں پر بوجھ نہیں ڈالتا ہوں خود ہی یہ بوجھ اٹھاتا ہوں۔"

جہاں تک بیئر بار میں جانے کی بات تھی یہ تجربہ اس کے لیے بھی نیا تجربہ تھا۔

ایسی بات نہیں تھی کہ وہ بیئر یا شراب نہیں پیتا تھا۔

چار دوست مل گئے تو یہ سلسلہ تو اکثر چلتا تھا۔

وہ دوستوں ساتھ بیئر بار میں بھی جاتا تھا۔ لیکن اس کی تفریح صرف پینے کی حد تک محدود تھی۔

اسے ڈانس کرتی لڑکیوں میں دلچسپی نہیں تھی۔

ویسے دوسرے لفظوں میں کہا جائے تو اس طرح کی تفریح کی اجازت اس کی جیب نہیں دیتی تھی اس نے ڈانسروں کے کئی قصے سنے تھے کہ وہ کس صفائی سے لوگوں کی جیبیں خالی کرتی ہیں کہ پتہ بھی نہیں چلتا ہے۔

لیکن دوست اور دوستی کا معاملہ تھا۔

اور پھر دوست پورا خرچ کرنے کے لیے تیار تھا تو اس تفریح کے لیے وہ نا بھی نہیں کہہ سکتا تھا۔

جب وہ بار میں پہونچے تو محفل شروع ہو چکی تھی۔

لوگ اپنی اپنی میزوں پر بیٹھے شراب کا مزہ لے رہے تھے اور تھرکتی لڑکیوں کے تھرکتے بدن سے بھی لطف اندوز ہو رہے تھے۔

اس نے ایک اچٹتی ہو نظر ڈانس کرتی لڑکیوں پر ڈالی۔

ان کے چہروں کے خدوخال سے وہ ان کے جسم کے خطوط کا جائزہ لیتے ان میں اپنی دلچسپی کا سامان تلاش کرنے لگا۔

لیکن اسے ایک بھی چہرہ ایسا دکھائی نہیں دیا جو اس کے دل میں دلچسپی جگا سکے اس لیے بیئر کی چسکیاں لینے لگا۔

اچانک اس کے ذہن کو حیرت کا ایک جھٹکا لگا۔

اور وہ آنکھیں پھاڑ پھاڑ کر ڈانسنگ فلور پر تھرکتی ایک بار گرل کو دیکھنے لگا۔

اسے اپنی آنکھوں پر یقین نہیں آ رہا تھا۔

وہ رینو تھی۔

'رینو! ایک گھریلو عورت! بار گرل کے روپ میں۔ نہیں نہیں ایسا نہیں ہو سکتا۔"

وہ رینو نہیں کوئی اور ہو گی کئی لڑکیوں کی شکلیں ایک دوسرے سے ملتی ہیں۔"

لیکن یقین نہ کرنے کی کوئی بات نہیں تھی۔

وہ رینو ہی تھی۔

لوگوں سے ٹپ وصول کرنے کے لیے وہ کئی بار اس کے قریب سے گزری تھی اور اس نے کئی بار اسے بہت قریب سے دیکھا اس کے بعد تو یہ یقین نہ کرنے کا کوئی جواز ہی نہیں تھا کہ وہ رینو نہیں ہے۔

پھر وہ رینو کو پہچاننے میں دھوکہ نہیں کھا سکتا تھا۔

فرق صرف اتنا تھا کہ اس وقت پہلی بار اس نے رینو کو سیدھے سادھے گھریلو لباس میں دیکھا تھا۔

اس وقت اس کی آنکھوں کے سامنے جو رینو تھی وہ ڈانسروں کے لباس میں تھی۔ اس کے جسم کے کپڑے اس کے جسم کو ڈھانکنے کے بجائے اس کے جسم کے عضوات کو اجاگر کرنے کا زیادہ کام کر رہے تھے۔

اس نے اس پہلے رینو کا صرف چہرہ دیکھا تھا۔

اب اس کی آنکھوں کے سامنے اس کا جسم بھی تھا۔ وہ اس کے جسم کو ہر زاویے سے دیکھ سکتا تھا۔

شراب پیتے لوگ رینو کو بلاتے۔

وہ مسکراتی ہوئی جاتی اور جا کر ان کی گود میں بیٹھ جاتی۔

اسے سو روپیہ کا نوٹ دکھاتے ہوئے وہ لوگ اس کے ساتھ اس کے جسم کے ساتھ

طرح طرح کی فحش حرکتیں کرتے۔

رینو ان کی ان فحش حرکتوں کی کوئی مزاحمت نہیں کرتی۔

ان کے ہاتھوں میں پکڑی نوٹ کو حاصل کرنے کی تمنا میں مسکرا کر جواب دیتی۔ اور پھر ان کے ہاتھوں سے نوٹ لیکر مسکراتی ہوئی واپس ڈانسنگ فلور پر جاکر تھرکنے لگتی۔

اس کا دوست ایک دوسری لڑکی میں الجھ گیا تھا۔

فلور پر ڈانس کرتی کئی لڑکیوں میں اس کی نظریں صرف رینو پر جمی ہوئی تھی۔

کچھ سوچتے ہوئے اس نے اپنی جیب سے سو کا نوٹ نکال اور اسے بتاتے ہوئے رینو کو اشارہ کیا۔

اس کا اشارہ سمجھ کر اور اس کے ہاتھوں کی نوٹ دیکھ کر رینو کے چہرے پر خوشی کی ایک لہر دوڑ گئی وہ تھرکتی ہوئی آئی اور آکر اس کی گود میں بیٹھ گئی اور مسکرا کر اٹھلا کر ایک ادا سے اس کے ہاتھوں سے نوٹ حاصل کرنے کی کوشش کرنے لگی۔

"تم رینو ہو نا! منوہر کی بیوی؟" اس نے رینو سے پوچھا۔"

اس کی بات سنتے ہی رینو کو ایک جھٹکا سا لگا اور وہ خوفزدہ نظروں سے اسے دیکھنے لگی۔

"تم کون ہو؟ اس کے کانپتے ہوئے لہجے میں سوال کیا۔

'میں دلیپ ہوں۔ سندیپ کا دوست ایک بار میں منوہر سے ملنے اسپتال میں آچکا ہوں۔ منوہر کیسا ہے۔؟

"ویسا ہی ہے۔" رینو نے جواب دی۔ اس کا چہرہ اتر گیا تھا۔"

وہ یونہی اس کی گود میں بیٹھی رہی۔ جیسے اس کی کسی فحش حرکت کی منتظر ہو۔

لیکن اسے ایسا محسوس ہو رہا تھا اس کے سارے جسم کو جیسے کسی غیر معمولی قوت نے جکڑ لیا ہے۔

رینو اس کی گود میں بیٹھی تھی وہ اس کے ساتھ کچھ بھی حرکت کر سکتا تھا۔ رینو خود اس کی حرکت کی منتظر تھی۔ لیکن اس میں جیسے کچھ کرنے کی سکت ہی نہیں تھی۔

اس نے سو کا نوٹ رینو کی طرف بڑھا دیا۔

رینو چپ چاپ نوٹ لیکر فلور واپس چلی گئی۔

فلور پر واپس جاتے ہی وہی دلفریب مسکراہٹ اس کے چہرے پر لوٹ آئی جو دیگر لڑکیوں کے چہروں پر تھی جس سے وہ گاہکوں کو گرویدہ بنا کر انھیں پھانستی تھیں۔

اسی مسکراہٹ کو چہرے پر سجائے رینو ایک بار پھر تھرک رہی تھی۔

اس کا ساتھی شراب پیتا رہا۔ لڑکیوں کے ساتھ چھیڑ چھاڑ کر کے ان پر پیسے لٹاتا رہا۔

وہ بھی بیئر کی چسکیاں لیتا رہا لیکن اس کی نظریں صرف رینو پر جمی ہوئی تھیں۔ فلور پر رینو سے زیادہ خوبصورت لڑکیاں رقص کر رہی تھیں لیکن اس کی کسی میں دلچسپی نہیں تھی۔

رینو کو مختلف گاہک بلا رہے تھے۔ وہ مسکراتی ان کے پاس جا رہی تھی وہ اس کے ساتھ کبھی کبھی ایسی حرکتیں کر دیتے جو شاید منوہر بھی نہیں کرتا ہو لیکن رینو اس کا برا نہیں مانتی تھی مسکرا کر ٹال دیتی تھی۔

اس کا دل چاہ رہا تھا کہ وہ رینو کو بلائے۔

اس سے بلا کر باتیں کرے۔

لیکن کیا بات کرے اس کی سمجھ میں نہیں آ رہا تھا۔

اس کے اندر کا کوئی اس سے کہتا اسے رینو سے وہ باتیں کرنے کی کوئی ضرورت نہیں

ہے جو وہ سوچ رہا ہے۔ اس کا رینو سے کو رشتہ نہیں ہے۔

پہلے کوئی بھی رشتہ رہا ہو لیکن اس وقت تو ان کے درمیان ایک ہی رشتہ ہے۔ ایک بار گرل کا اور ایک گاہک کا۔

ایک گاہک کے ناطے وہ رینو پر پیسے لٹا سکتا ہے اس کے ساتھ چھیڑ چھاڑ کر سکتا ہے اور ایک بار گرل کے ناطے رینو پیسے حاصل کرنے کے لیے بار بار اس کے پاس آسکتی تھی اس کے ہر حرکت برداشت کر سکتی تھی۔

اس کے دوست کے پیسے ختم ہو گئے اس پر نشہ طاری ہو گیا اور اس نے واپس گھر چلنے کی خواہش ظاہر کی تو اس نے ایک سو کا نوٹ اپنی جیب سے نکالا اور رینو کو اشارہ کیا۔

رینو تھرکتی مسکراتی ہوئی آئی اور آکر اس کی گود میں بیٹھ گئی۔

"تم یہ کام کیوں کر رہی ہو؟ اس نے رینو سے پوچھا۔"

"منوہر کی بیماری میں کوئی افاقہ نہیں ہوا ہے۔ اس کے علاج پر ہر ہفتہ ۴ سے پانچ ہزار روپیہ خرچ آتا ہے۔ آمدنی کا کوئی ذریعہ نہیں ہے اسے آفس سے نکال دیا گیا ہے۔ پہلے میں نے ایک دو چھوٹی موٹی نوکریاں کیں۔ لیکن ہزار دو ہزار روپیہ میں مشکل سے گھر چل پاتا ہے تو منوہر کا علاج کہاں سے ہو گا۔ اس لیے مجبوراً یہ کام شروع کر دیا۔ اس کام میں ہفتے میں آسانی سے آٹھ دس ہزار روپیوں کی آمدنی ہو جاتی ہے۔ گھر بھی چلتا ہے۔ اور منوہر کا علاج بھی ہو رہا ہے۔ منوہر کو بھی میرے اس کام کے بارے میں پتہ ہے۔"

وہ بس یہی جاننا چاہتا تھا۔ اس کے پاس رینو سے پوچھنے کے لائق کوئی سوال ہی نہیں تھا۔ اس نے سو روپیہ کا نوٹ رینو کو دیا۔

رینو نے وہ نوٹ نہیں لیا اور واپس فلور پر چلی گئی۔

اسکی آنکھوں میں آنسو تھے۔ وہ فلور پر تھرکتی اپنے آنکھوں کے آنسو پونچھ کر زبر

دستی ہونٹوں پر ایک دلکش مسکراہٹ لانے کی کوشش کر رہی تھی۔

وہ اپنے دوست کے سہارا دے کر اسے لیکر بیئر بار کے باہر چلا آیا۔

پھر ایک عرصہ ہو گیا۔

اسے رینو یاد بھی نہیں آئی اسنے رینو کو یاد بھی نہیں کیا۔

رینو کو یاد کرنے یاد رکھنے جیسا کچھ بھی نہیں بچا تھا۔ اسے پتہ تھا اب ہر شام وہ اس بار میں رینو سے مل سکتا ہے۔ اسے پیسے دکھا کر اپنے قریب بلا سکتا ہے۔ تو پھر اسے یاد رکھ کر یا کر کے کیا فائدہ۔۔

اس دن رات کے گیارہ بج رہے تھے۔

جوہو چوپاٹی کی اندھیری گلی کے پاس وہ کھڑا تھا وہاں وہ اپنے ایک دوست کے ساتھ آیا تھا۔ اس کا دوست ایک کال گرل کے ساتھ چلا گیا تھا۔ اور وہ گھر جانے کے لیے کوئی سواری دیکھ رہا تھا۔

اسی وقت ایک ۱۵، ۱۲ سال کا لڑکا اس کے پاس آیا۔

"صاحب مال چاہیے۔ بالکل فریش مال ہے بہت بھاری مال ہے دیکھیں گے تو طبیعت خوش وہ جائے گی۔"

وہ کسی کال گرل کا دلال تھا جو اس کے لیے کسی گاہک کو تلاش میں تھا۔ اسے گاہک سمجھ کر اس نے اسے ٹوکا تھا۔

"لے کر آؤ۔" اسے بھی شرارت سوجھی۔"

ابھی لایا صاحب۔ کہتا لڑکا ایک طرف گیا اور تھوڑی دیر بعد ایک خوبصورت لڑکی کے ساتھ واپس آیا۔

اس پر نظر پڑتے ہی وہ چونک پڑا۔

وہ رینو تھی۔

"رینو تم یہ تم ہو؟ اسے بڑی حیرت ہوئی۔"

رینو بھی اسے پہچان لیا۔

"ہاں میں ہی ہوں۔ اس نے بڑی بیباکی سے مسکرا کر جواب دیا۔

"بال گرل کا کام چھوڑ کر کال گرل کا کام کب سے شروع کر دیا؟ اس نے پوچھا۔

"نہ تو میں نے اپنی مرضی سے بار گرل کا کام چھوڑ آ ور نہ اپنی مرضی سے کال گرل کا کام شروع کیا ہے؟" رینو لاپرواہی سے بولی۔"

"کیا مطلب؟ وہ اس کے چہرے کو تاکنے لگا۔ "

اب آپ اتنے بھولے بھی مت بنیے! آپ تو اس طرح ظاہر کر رہے ہیں جیسے آپ کو پتہ ہی نہیں کہ حکومت نے بیئر بار میں ڈانس پر پابندی لگا دی ہے۔

"ارے ہاں اسے یاد آیا سچ مچ حکومت نے بیئر بار ڈانس کرنے پر پابندی لگا دی۔"

'آمدنی کا کوئی ذریعہ ضروری تھا۔" رینو بولی۔" آپ تو اچھی طرح جانتے ہیں۔ منوہر کے علاج پر ہر ہفتہ ۶،۵ ہزار روپیہ خرچ آتا ہے۔ ہر ہفتہ اتنی آمدنی ضروری تھی۔ اس لیے یہ کام شروع کر دیا۔ پہلے اپنا جسم دکھلا کر اپنی اداؤں سے پیسہ کماتی تھی۔ اب اپنا جسم بیچ کر پیسہ کما رہی ہوں۔۔۔ کیا کریں سرکار کی مہربانی سرکار نے مجھے بال گرل سے کال گرل بنا دیا۔۔

☆☆☆

مودی جیت گیا

سویرے اویناش کا فون آیا تھا۔

'بابوجی کی طبیعت بہت خراب ہے۔ انھیں اسپتال میں داخل کیا تھا۔

'طبیعت خراب ہے۔" سن کر وہ بڑبڑایا "لیکن دو دن پہلے تک تو وہ بالکل اچھے تھے۔ میرے ساتھ دو گھنٹے تک باتیں کی تھی۔۔"

'بس اچانک طبیعت خراب ہوگئی۔" اویناش بولا۔

'وجہ 'اس نے پوچھا۔

"اور کیا وجہ ہو سکتی ہے؟ اویناش کے لہجے میں بیزاری تھی "اس عمر میں اپنا یا اپنے خاندان کا تو کوئی غم نہیں ہے دنیا کے غم کی وجہ سے بیمار ہیں آپ آیئے تو سب معلوم ہو جائے گا۔"

'ٹھیک ہے میں شام کو آفس سے سیدھا اسپتال آتا ہوں۔"

ہری بابو کو کس اسپتال میں داخل کیا گیا یہ پوچھنے کی کوئی ضرورت نہیں تھی اسے علم تھا ہری بابو اپنا علاج کس اسپتال میں کراتے ہیں کسی اور اسپتال میں داخل کیا گیا ہوتا تو اویناش اسپتال کا نام ضرور بتاتا۔ ویسے ہری بابو کو ڈھونڈنے میں کوئی پریشانی نہیں پیش آ سکتی تھی ان کے پاس سیل فون تو تھا ہی ان سے یا اویناش سے آسانی سے رابطہ قائم کیا جا سکتا تھا۔

کل دن بھر ہری بابو کا فون نہیں آیا۔ جبکہ ان کا فون آنا چاہئے تھا۔

دل میں آیا کہ وہ ہی فون کر کے ہری بابو سے باتیں کر ہیں۔

'دیکھا ہری بابو! میں نہیں کہتا تھا ایسا کچھ نہیں ہو گا جیسا آپ سوچتے ہیں یا آپ نے جو اندازہ لگایا ہے۔ ریزلٹ وہی آنے والا ہے جس کے بارے میں میں نے پیشن گوئی کر چکا ہوں۔ وہی ہوانا۔۔"

لیکن اس نے سوچا ایک ۷۰ سال کے بوڑھے کو اس طرح کی کسی بات سے زک کرنا اچھی بات نہیں ہے۔

اسے یقین تھا خود ہری بابو کا فون آئے گا۔

'انیل میں ہار گیا تم جیت گئے میری ساری محنت پانی میں گئی لاکھ کوشش کے باوجود ہم ایسا کچھ کر نہیں پائے جیسا سوچ رہے تھے۔ تم سچ کہتے تھے کہ ہم کیا ساری دنیا گجرات کے ووٹروں کی سوچ نہیں بدل سکتے۔ وہ وہی کریں گے جو ان کی فطرت ہے جس میں ان کا مفاد ہے۔ مودی پھر جیت گیا۔ اور مجھے محسوس ہوتا ہے آئندہ پچاس سالوں تک گجرات میں مودی جیتتا رہے گا۔"لیکن ان کا فون نہیں آیا تھا۔

دو دن پہلے ملے تھے تو بے حد خوش تھے۔

"گجرات کے دس دنوں کے دورے سے واپس آیا ہوں۔ بہت مزہ آیا ایسی ایسی دھواں دھار تقریریں کیں کے سامنے والوں کی بولتی بند ہو گئی۔ گجراتی زبان کی تھوڑی بہت جو جانکاری تھی کام آئی۔ دیکھنا اس بار گجرات کا نتیجہ بالکل بر خلاف آئیں گے۔ مودی کا ڈبہ گل ہو جائے گا۔

"آپ گجرات گئے تھے ؟" اس نے حیرت سے پوچھا۔

'ہاں !انھوں نے جواب دیا۔

'لیکن کس لیے ؟'

'ارے الیکشن پرچار کے لیے اور کس لیے۔۔ تم تو جانتے ہو دیش میں پنپ رہے مودی واد سے مجھے سخت نفرت ہے۔ یہ ہماری صدیوں کی روایت میں اگا ایک ایسا زہریلا پودا ہے اگر اس کو آج جڑ سے اکھاڑ کر نہیں پھینکا گیا تو یہ ہماری صدیوں کی ہم آہنگی رواداری روایت کو زہر آلود کر کے نیست نابود کر دے گا۔۔" وہ بڑے جوش میں بولے۔

"یہ ٹھیک ہے ہری بابو! لیکن اپنی عمر کا تو خیال کیا ہوتا۔ ۷۰ سال کی عمر میں پرچار کے لیے نکل گئے۔"

"یہ کام میں بوڑھا نہیں کروں گا تو کون کریگا؟ تم جیسے نوجوانوں کے پاس تو ان باتوں کے لیے وقت نہیں ہے۔ پھر اس زہر کے پودے کو کاٹنے کے لیے ہم جیسے بوڑھوں کو تو آگے آنا ہے۔"

اس کے دل میں آیا کہ کہہ دے "ہری بابو! یہ زہر کا پودا اتنا مضبوط اور تناور ہو چکا ہے کہ ان جیسے لاکھوں بوڑھے ملکر بھی شاید اسے جڑ سے کیا اکھاڑ کر پھینک سکتے ہیں اس کی ایک جڑ بھی کاٹ نہیں سکتے ہیں۔"

لیکن وہ ہری بابو سے کبھی مایوسی یا ان کے حوصلہ شکن کرنے والی باتیں نہیں کرتا تھا۔

ان کے ہر کام کی تعریف کر کے انھیں نہ صرف حوصلہ دیتا تھا بلکہ اپنی تعریف سے ان کے اندر ایک نیا جوش پیدا کر دیتا تھا۔

یہ سن کر اسے حیرت ہو رہی تھی کہ ہری بابو گجرات میں پرچار کے لیے گئے تھے۔

'ہری بابو! آپ نے گجرات میں کیا دیکھا؟ سنا ہے مودی کے راج میں گجرات نے بہت ترقی کی ہے۔"

'ارے کیا خاک ترقی کی ہے۔ نہ وہاں پر ہماری صدیوں پرانی روایتیں ہیں نہ قدریں

ہیں۔ نہ دھرم ہے نہ ایمان ہے۔ بس چاروں طرف پیسہ ہی پیسہ ہے۔ پیسوں کے لیے لوگ کچھ بھی کرنے کو تیار ہیں۔ اپنی جان دینے کے لیے بھی تیار ہیں اور کسی کی جان لینے کیلئے بھی۔۔۔

اور۔۔۔۔"

"اور کیا وہی جو سنگھ پریوار کا ایجنڈہ ہے اس پر پوری میں عمل ہو رہا ہے۔ اقلیتوں پر ظلم کرنا، جبر کرنا، ان کا استحصال کرنا جیسے ایک ثواب کا کام ہے۔ اور اس ثواب کے کام کو انجام دیکر سنگھ کا ہر ہر کارہ اپنی انا کی تسکین کر رہا ہے۔"

"کیا آپ کو لگتا ہے مودی اس بار گجرات میں ہار جائے گا؟"

'ہم نے تو پوری کوشش کی ہے۔ اور عوام بھی ہمارے ساتھ ہیں۔۔۔

'تو اب میری بھی سن لیجئے، اس نے پہلی بار ہری بابو کی دل شکنی کرنے والی بات کی تھی۔ "گجرات میں تیسری بار بھی مودی آئے گا اور پوری اکثریت سے آئے گا۔ آپ نے گجراتی عوام کو سمجھا ہی نہیں ہے۔"

وہ ظاہر میں کچھ ہے اور باطن میں کچھ۔ جو ان کے مفادات میں حفاظت کرے۔ انکو دو پیسوں کا فائدہ دے وہ سرکار انکی ہے۔ چاہے پھر وہ مودی کی ہو یا پھر کسی کیشو بھائی پٹیل کی۔۔ یا شنکر واگھیلہ کی۔

"یہ بات تو سچ ہے۔ اس کی بات سن کر وہ اداس ہو گئے تھے۔

'گجرات نے اگر بہت ترقی کی ہے تو ذرا گجرات کے اعداد و شمار جمع کیجئے۔ گجرات سے کتنا انکم ٹیکس جمع ہوتا ہے؟ گجرات سے سرکار کو اتنا ریونیو وصول ہوتا ہے۔ اور مرکزی سرکار گجرات پر کتنا خرچ کرتی ہے۔؟ مودی گجرات کی عوام میں اس لیے مقبول ہے کیونکہ وہ عوام کی جیب سے پیسہ نہیں نکالتا۔ بلکہ وہ سرکار کا پیسہ عوام کی جیب میں

ڈالتا ہے۔۔ کبھی اس بارے میں کسی نے سوچا ہے۔"

ہر کوئی آواز اٹھاتا ہے مودی اقلیت دشمن ہے مسلمانوں کا قاتل ہے اسنے مسلمانوں کا قتل عام کرایا ہے۔ کبھی مودی کی ملک سے غداری کے اس پہلو پر آپ نے آواز اٹھائی ہے؟

'سچ مچ ہم نے کبھی اس بارے میں نہیں سوچا۔

'آپ نے مودی کو ہندووادی بنا کر ہندوؤں کی اور گجرات کے ووٹروں کی نظر میں بھگوان بنا دیا ہے۔ اس سے اس کی طاقت بڑھی ہے۔ اچھا ہوتا اگر آپ اپنی انرجی مودی کو ہندوتووادی ثابت کرنے کے بجائے معاشی طور پر اس کی اصلیت عوام کے سامنے رکھتے۔"

پھر ادھر اُدھر کی باتیں ہونے لگی۔

اور اس سے رخصت لیکر وہ چلے گئے۔

جاتے ہوئے بھی وہ پر امید ہی تھے کہ اس بار مودی کو دھکا ضرور لگے گا۔

اسے ان کے خیالات پر ہنسی آگئی۔

'۷۰ سال کا بوڑھا۔ آج بھی آزاد، خوبصورت ہندستان کے خواب دیکھ رہا ہے۔ اسے پتہ نہیں دنیا کتنی آگے نکل گئی ہے۔"

ہری بابو سے اسکی ملاقات چار پانچ سال قبل اچانک ہوگئی تھی۔

ایک سیاسی جلسہ تھا جس میں وہ وقت گزارنے کے لیے شریک ہوا تھا۔

اس نے وہاں پر ہری بابو کی تقریر سنی تھی۔

اسے تقریر اسی لحاظ سے پسند آئی تھی کہ ان کی تقریر میں ہندوستان کی دو نسلوں کے درمیان جو خلیج ہے اس کی عکاسی انھوں نے بڑی خوبصورتی سے کی تھی۔ اور اس بات

پر دکھ ظاہر کیا تھا کہ اس خلیج کو پاٹنے کی کوشش نہیں ہو رہی ہے۔

نئی نسل طاقت اور تشدد کا راستہ اختیار کر رہی ہے۔ انھیں باپو کے اہنسا کے دکھائے راستے پر اعتبار نہیں ہے۔ ان کے رجحانات سنگھ پریوار کی طرف زیادہ ہے۔

اس نے جلسہ ختم ہونے کے بعد انھیں مبارکباد دی۔ اور اپنا تعارف کرایا اور بتایا وہ کس آفس میں کام کرتا ہے۔

ہری بابو اس کی باتیں سن کر بے حد خوش ہوئے۔

دو دن بعد وہ اس کے آفس میں اس سے ملنے کے لئے آ گئے۔

اور اس کے بعد وہ اکثر اس سے ملاقات کرنے کے لیے اس کے آفس آ جاتے تھے۔ اس دوران وہ اس پر مکمل طور پر آشکارا ہو گئے تھے۔

وہ ایک ریٹائرڈ ٹیچر تھے۔ بچپن میں وہ گاندھی جی سے بہت متاثر تھے۔ گاندھی جی کے خیالات کا ان پر اثر تھا اس لیے اپنی پوری سروس میں گاندھی جی کے خیالات اور آدرش کا پرچار کرتے رہے تھے۔

ریٹائر ہونے کے بعد وہ عملی سیاست میں بھی حصہ لینے لگے اور اس کے لیے انھوں نے کانگریس پارٹی کی ممبر شپ اختیار کر لی تھی۔

وہ کانگریس کے ایک سرگرم رکن بن کر بڑھ چڑھ کر سیاست میں حصہ لینے لگے۔ لیکن اس کے پیچھے ان کا کرسی اور عہدہ حاصل کرنے کا منشا نہیں تھا۔ وہ کرسیوں اور عہدوں سے دور بھاگتے رہے۔ سبھی کو اس بات کا علم تھا اس لیے سب ان کی عزت کرتے تھے۔ ملک و قوم کی بھلائی کے لیے وہ کسی بھی پارٹی کے ساتھ کام کرنے کے لیے تیار رہتے تھے۔

ان سے ملاقاتیں ہونے لگی تو ان کی زندگی اور ان کے خیالات بھی اس پر کھلتے چلے

گئے۔

کبھی کبھی اس کا دل ان کے لیے عقیدت سے بھر جاتا تھا۔

اس عمر میں اس شخص کے دل میں ملک و قوم کی خدمت کرنے کا اتنا جذبہ ہے۔ اس عمر میں تو لوگ رام رام کرتے ہوئے کاشی جانے کا سوچتے ہیں۔ اور پوتے نواسوں کے درمیان رہ کر وقت گزارتے تھے اور ہری بابو کو اس عمر میں خدمت خلق کی سوجھی۔

وہ جب بھی آتے آس پاس بحث کے لیے کوئی موضوع ضرور لاتے تھے۔ وہ بھی موجودہ سرکار یا کانگریس کی غلط پالیسیوں پر ہری بابو کو آڑے ہاتھ لینے کے لیے ہمیشہ تیار رہتا تھا۔

یہ بات نہیں تھی کہ ہری بابو اس کی ہر بات کا جواب دیتے تھے۔ بلکہ اس کی اچھی اور صحیح باتوں کو دل سے قبول کر لیتے تھے۔ اور اس کی کئی غلط بات پر نہ صرف اسے ٹوکتے تھے بلکہ صفائی پیش کرتے تھے۔

کبھی کبھی اس سے کہتے۔

'یار انیل بابو! تم تو پورے کمیونسٹ لگتے ہو۔"

'غلط۔" وہ جواب دیتا۔"

'کیوں؟ وہ پوچھتے۔'

'آج کے زمانے میں کمیونسٹ ہیں کہاں! میں ہر واقعہ، بات پالیسی کو معاشی نظریے سے دیکھتا ہوں اس لیے آپ کو محسوس ہوتا ہے کہ میں کمیونسٹ ہوں۔ میں کمیونسٹ وغیرہ کو نہیں مانتا ہوں۔

آج کل جو تبدیلیاں آرہی ہیں اس میں سب سے نمایاں کردار معیشت ادا کر رہی ہے۔ ہر تبدیلی کی روح معیشت ہے۔ اس لیے میں ہر بات واقعہ کو اسی کے میزان میں

پرکھتا ہوں۔"

'ہاں سچ مچ تمھارا نظریہ بڑا ترقی پسند نظریہ ہے۔"

گجرات میں الیکشن ڈکلیر ہوئے تو وہ بڑے جوش میں تھے۔

'اب گجرات کی عوام کے ہاتھ موقع آیا ہے کہ وہ اس کلنک کو دھوئے جو دس سالوں سے ان کے ماتھے پر لگا ہوا ہے۔ جس نے ہمارے دیش کو ساری دنیا میں شرمندہ کیا ہے۔ وہ اپنی ریاست سے مودی نامی زہر کے پودے کو جڑ سے اکھاڑ کر پھینکے اور ثابت کر دیں کہ گجرات گاندھی کا دیش ہے۔ اس ریاست میں مودی واد اور مودی پریوار کے نظریات کا کوئی مقام نہیں ہے۔ اف گجرات کے وہ فسادات۔ ہے بھگوان انسانوں پر ایسے ایسے ظلم کئے گئے کہ بھگوان نرک میں بھی اپنے پاپی بندوں کو سزا کے طور پر نہ کرتا ہو گا۔ حاملہ عورتوں کے پیٹ سے پیٹ چاک کر کے بچہ نکالنا۔ معصوم بچوں کو ترشولوں پر اچھالنا۔ لوگوں کو زندہ جلانا۔ اور یہ سب ایک شیطان بھی کی قیادت میں ہوتا رہا۔ جو ان باتوں پر لوگوں کو 'گرو' کرنے کا بھاشن دیتا رہا۔ چھی چھی بھگوان۔ شیطان بھی ایسے کام نہیں کر سکتا۔"

جب وہ جوش میں آتے تو کہتے ہی جاتے تھے۔

'ہری بابو! آپ کے چاہنے سے کچھ نہیں ہو گا۔ فیصلہ عوام کے ہاتھ میں ہے۔ وہی فیصلہ کرے گی عوام جو چاہے۔۔۔۔۔"

"دیکھنا اس بار گجرات کی عوام اپنے ماتھے سے کلنک مٹانے کی کوشش ضرور کرے گی۔

"ہری بابو! آپ بڑے بھولے ہیں۔ جس کو آپ کلنک کہہ رہے ہیں۔ گجرات کی عوام اس کو تلک سمجھتی ہے۔ اگر وہ کلنک کو کلنک سمجھتی تو اس کلنک کو اپنے ماتھے پر لگاتی

ہی کیوں ؟"

اس کی بات سن کر ہری بابو کسی گہری سوچ میں ڈوب جاتے۔

"انیل بابو! گجرات میں جو کچھ ہو رہا ہے۔ وہ ہماری صدیوں کی روایتوں کے خلاف ہے۔ ساری دنیا اس بات کو مانتی ہے پھر گجرات کے ووٹر کیوں نہیں مانتے ہیں ؟ وہ ان سے سوال کرنے لگے۔

"ہری بابو! اس کا جواب بہت لمبا چوڑا ہے۔ سارے فساد کی جڑ پیسہ ہے۔ اور پیسے کے لیے کچھ بھی کیا جاسکتا ہے۔ دوسری کوئی وجہ نہیں ہے۔ دھرم مذہب کی تو آڑ ہے۔ اس کی آڑ میں اصل کھیل کھیلا جارہا ہے۔"

شام کو وہ جب اسپتال پہونچا تو ہری بابو گہری نیند میں سو رہے تھے۔ ان کے پاس اویناش بیٹھا تھا۔

اس نے ایک تشویش بھری نظر ہری بابو پر ڈالی اور پھر اویناش سے پوچھنے لگا۔

"اب طبیعت کیسی ہے ؟"

"اب تو ٹھیک ہے لیکن ان کے دماغ سے ان باتوں کا اثر نہیں گیا ہے۔ اس لیے ڈاکٹر نے نیند کا انجکشن دے دیا ہے۔ ڈاکٹر نے کہا ہے اگر وہ ان باتوں کے بارے میں اسی طرح سوچتے رہے تو کبھی بھی ان کا بلڈ پریشر Low ہو سکتا ہے۔ اگر دباؤ بڑھا تو ان کے دماغ کی کوئی رگ پھٹ سکتی ہے۔ انہیں برین ہیمرتیج بھی ہو سکتا ہے۔ انھیں ان باتوں سے پرہیز کرنا چاہیئے۔"

لیکن آخر ہوا کیا تھا؟

'اور کیا ہونے والا تھا' اویناش بیزاری سے بولا' گجرات میں مودی کی جیت کا صدمہ لے لیا۔ وہاں کانگریس کی طرف سے پرچار کرنے جو گئے تھے۔"

'ارے یہ بھی کوئی بات ہے جس کے لیے جان کی ہلکانی کی جائے۔"

اس نے مڑ کر گہری نیند میں سوئے ہری بابو کی طرف دیکھا۔

'اس کے علاوہ بھی جو کچھ ہوا۔ وہ ہم برداشت نہیں کر پا رہے تھے تو بھلا بابو جی کس طرح برداشت کر پاتے۔" اویناش آگے بولا۔

'اور کیا ہوا؟ اس نے سوال کیا۔

'سویرے آٹھ بجے ہی دو سو لوگوں کا ایک ہجوم ہمارے گھر کے سامنے جمع ہو گیا اور مودی کی جیت کا جشن منانے لگا۔ نعرے لگانے لگا۔ بابو جی اور کانگریس کو گالیاں دی جانے لگی۔" 'کیا کہہ رہے ہو؟ یہ اس کے لیے نئ بات تھی۔ 'وہ سب بی جے پی اور شیو سینا کے ورکر تھے۔ بابو جی کے سیاسی حریف۔"

انھیں پتہ تھا بابو جی گجرات کانگریس کے لیے پرچار کرنے گئے تھے۔

کئی گھنٹوں تک گھر کے سامنے پٹاخے چھوڑے گئے۔ آتش بازیاں اڑائی گئیں۔ ڈھول تاشے بجائے گئے۔ بابو جی کے خلاف نعرے لگائے گئے۔ وہ نعرے لگائے گئے جن سے بابو جی چڑ تھی جن نعروں کے خلاف جنگ کو بابو جی نے اپنا آدرش بنا رکھا تھا۔"

"اوہو۔ اویناش کی بات سن کر اس کے ہونٹ سکڑ گئے۔

'بڑے بڑے کئی پوسٹر لا کر ہمارے گھر کے سامنے لگا دئے گئے۔ جس پر مودی کی تصویریں تھیں شیر گجرات۔ نریندر مودی زندہ باد۔ آج گجرات کل سارا ہندوستان۔ گجرات جاگا ہے ہندو جاگا ہے۔ نریندر مودی کی جیت پر دلی مبارکباد۔"

جیسے پتہ نہیں کیسے کیسے اشتعال انگیز نعرے ان پوسٹر اور بینرس پر تھے۔

"چھی چھی۔ چھی۔" یہ سن کر اس نے کہا۔ "اگر یہ سب ہری بابو کے لیے۔ ان کے گھر کے سامنے ہوئے ہے تو پھر بھلا وہ کس طرح اپنے آپ پر قابو رکھ سکتے ہیں۔

'لیکن ان کا قصور کیا ہے ؟ یہی نا کہ وہ اپنے اصولوں کی لڑائی لڑتے ہیں اس عمر میں بھی اپنے اصولوں کے لیے سر گرم ہے۔ اور انہی اصولوں کے لیے گجرات گئے تھے۔ مودی گجرات میں جیتا ہے۔ اور پھر اس کی جیت کا جشن بابو جی جیسے بوڑھے آدمی کو زک کرنے کے لیے ہمارے گھر کے سامنے منانے کی کیا ضرورت ؟

وہ یہ سن کر لاجواب ہو گیا۔

ایسی بات نہیں تھی کہ وہ اس بات کا جواب نہیں دے سکتا تھا۔

لیکن جواب دیکر کوئی فائدہ نہیں تھا۔

جا کر ہری بابو کے پلنگ کے پاس کھڑا ہو گیا اور غور سے ان کو دیکھنے لگا۔

ان کی آنکھیں بند تھیں۔ ان کے چہرے پر بے چینی اور کرب کے تاثرات تھے۔

اس نے اپنا ہاتھ ہری بابو کے ماتھے پر رکھ دیا اور دھیرے دھیرے ان کا ماتھا سہلانے لگا۔

ہری بابو کے ہونٹ کھلے اور ان کے ہونٹوں سے پھسپھساہٹ بھری نحیف کمزور سی آواز آنے لگی۔

'مودی جیت گیا۔۔ میں ہار گیا۔

***

روگ

رپورٹ کے آتے ہی گھر میں ایک قیامت آگئی۔

گھر کا ہر فرد ایک دہکتا ہوا آتش فشاں بن گیا۔ اور وہ پھٹ کر اس پر اپنا تپتا ہوا لاوا برسا کر اس کے وجود کے خاتمے کی فکر کرنے لگا۔

گھر والوں کے چہروں کے تاثرات اچانک بدل گئے۔

کہاں پہلے اس کے لیے ان چہرے پر ہمدردی کے تاثرات ہوتے تھے آنکھوں سے اس کے لیے پیار امڈ تا تھا لیکن اب ان کی جگہ چہرہ پر غیض و غضب کے تاثرات نے ڈیر جمالیا۔ آنکھوں سے اس کے لیے نفرت کی گنگا جمنا بہنے لگیں۔

وہ غصہ اور نفرت ہر کسی کے ہونٹوں سے ابل پڑتا۔

"میں نے تو کبھی خواب میں بھی نہیں سوچا تھا کہ میری بیٹی ایسی نکلے گی۔" پتاجی کے لہجے میں تاسف تھا۔ "میر دے وست احباب، رشتہ دار مجھے سمجھاتے تھے للت بیٹی کو اتنی چھوٹ مت دو۔ زمانہ بدل گیا ہے۔ وہ زمانہ گیا جب ساری دنیا کی لڑکیوں سے زیادہ آزادی ہم اپنی بیٹیوں کے دیتے تھے لیکن پھر بھی وہ ہماری اس آزادی کا کبھی غلط استعمال نہیں کرتی تھیں ہماری عزت و ناموس پر حرف نہیں آنے نہیں دیتی تھیں۔ آجکل لڑکیوں کے قدم ڈگمگانے میں دیر نہیں لگتی۔ اگر کوئی غلط قدم پڑ گیا تو اس کی شادی میں مشکلیں کھڑی ہو جائیں گی اور تمھارے لیے وہ زندگی بھر کا روگ بن جائے گی لیکن میں ان سے کہتا تھا مجھے اپنی بیٹی پر بھروسہ ہے کنتل کبھی کوئی ایسا قدم نہیں اٹھا سکتی جس سے

ہماری عزت وناموس پر حرف آئے نہ کبھی کنتل کے قدم لڑ کھڑا سکتے ہیں۔ لیکن آج جو بات سامنے آئی ہے۔ ہم لاکھ چاہ کر بھی اسے اپنے تک محدود نہیں رکھ سکتے۔ کل تک یہ بات سارے رشتہ داروں کو معلوم ہو جائے گی۔ پرسوں ساری برادری جان لے گی اور کچھ دنوں میں سارا شہر، اف، بھگوان مہاویر تم نے یہ کونسے گناہ کی سزا مجھے دی ہے۔ اس بے عزتی سے اچھا تھا تم مجھے اس وقت اپنے پاس بلا لیتے جب مجھ پر دوسرا دل کا دورہ پڑا تھا۔

"تو کلنکنی نکلے گی ہم نے تو کبھی خواب میں بھی نہیں سوچا تھا" ماں نے رو رو کر اپنا برا حال کر لیا تھا۔، مانا! جوانی میں لڑکیوں سے نادانیاں ہوتی ہیں۔ جوانی کی رو میں وہ بھٹک جاتی ہیں۔ ان کے قدم لڑ کھڑا جاتے ہیں۔ لیکن وہ کبھی ایسا قدم نہیں اٹھاتیں جس سے ان خاندان پر کوئی انگلی اٹھائے یا جو قدم ان کی آنے والی زندگی کے لیے نرک بن جائے۔ لیکن نادان لڑکی! تو نے تو ایسا قدم اٹھایا ہے جس کی وجہ سے تو نے ہمیں تو کہیں کا نہیں رکھا۔ خود کو بھی موت کے دروازے پر لا کر کھڑا کر دیا ہے۔ ارے جوانی کے جوش میں کوئی قدم اٹھانے سے پہلے یہ تو دیکھنا تھا جس کے ساتھ تو اپنی جوانی کے آگ ٹھنڈی کر رہی ہے وہ لڑکا کیسا ہے؟ کہیں وہ تمھیں تمھاری جوانی کی آگ بجھانے کے ساتھ ساتھ موت کا روگ تو نہیں دے رہا ہے؟ آخر اتنا گرنے کی ضرورت ہی کیا تھی۔ ایسے لڑکے، لڑکیوں کے ساتھ۔۔۔ جو موت کا روگ دے چھی چھی۔۔۔۔۔"

ممی! مجھے اس پر بہت بھروسہ تھا۔ منیش بولا۔ اور سچ کہتا ہوں مجھے اس بات پر فخر تھا۔ میرے سارے دوستوں کے کی بہنوں کے افیر وسننے میں آتے تھے۔ لیکن اس کے بارے میں کبھی کوئی بات مجھے سننے میں نہیں آتی تھی میں فخر سے اپنے دوستوں میں اعلان کرتا تھا اگر میری بہن کا کوئی ایک افیر بتادے تو اسے جو چاہے وہ انعام دوں گا۔ اور

سچ مچ میرے دوست احباب میں سے کوئی بھی اس کے بارے میں کوئی اڑتی اڑتی خبر بھی لانے میں کامیاب نہیں رہا تھا۔ لیکن یہ تو چھپی رستم نکلی اس نے ہمارے، ساری دنیا کی آنکھوں میں دھول جھونکا۔۔ اور لائی بھی تو اتنی بڑی خبر جس کی وجہ سے ہم کہیں کے نہیں رہے۔ ارے کوئی معاملہ ہوتا تو ہم اسے جھٹلا سکتے تھے کہہ سکتے تھے افواہیں ہیں صفائی پیش کر سکتے تھے کہ ہماری بہن ایسی نہیں ہے اسے بدنام کرکے لیے یہ سازش رچی گئی ہے۔ لیکن اس نے تو کوئی راستہ باقی ہی نہیں رکھا۔ ایک ایسا روگ اپنی بد چلنی کی وجہ سے پال لیا ہے جس کے بعد اس کی پاک دامنی کی بات کرنے سے بڑی بے وقوفی ہو ہی نہیں سکتی۔ ہر کوئی ہماری باتوں کا مذاق اڑائے گا ہم پر انگلیاں اٹھائے گا۔

بڑی بہن اسے سمجھانے لگی۔

"کنتی! میں جانتی ہوں جوانی میں لڑکیوں سے غلطیاں ہوتی ہیں۔ تم میرے سارے افیر جانتی ہو۔ لیکن کیا کبھی کسی معاملے کے بارے میں ہمارے گھر والوں یا کسی کو پتہ چلا؟ آج بھی میرے شوہر کو مجھ پر ناز ہے۔ لیکن تم نے یہ کیا بیوقوفی کی۔ جس بات کا راز رکھنا چاہئے اس بات کی وجہ سے ایک ایسا روگ مول لے لیا۔ جس کی وجہ سے اب ساری دنیا میں تیری بد چلنی کی تشہیر ہو گی۔

"نہیں نہیں "میں بھگوان مہاویر کی قسم کھا کر کہتی ہوں۔ میں بد چلن نہیں ہوں۔ میں۔۔۔کے دن ساری دنیا کے سامنے مندر میں حلف لے سکتی ہوں کہ میں "پوتر" ہوں میں نے کوئی گناہ نہیں کیا ہے۔ آپ لوگ میرے "پوترتا" پر انگلیاں اٹھا رہے ہیں مجھے آوارہ بد چلن کہہ رہے ہیں۔ لیکن میں آپ لوگوں کس طرح بتاؤں میں نے ایسا کوئی بھی قدم نہیں اٹھایا ہے جس کی وجہ سے سماج میں آپ کو شرمندہ ہونا پڑے۔ ارے بد چلنی آوارگی کی بات تو دور ہے۔ سچائی تو یہ ہے کہ کسی لڑکے نے آج تک میرے جسم کو چھوا

بھی نہیں ہے۔ میں نے کسی لڑکے اپنے جسم کو چھونے کی اجازت بھی نہیں دی ہے۔ اس کے باوجود مجھ پر اتنے گھناؤنے الزامات لگائے جارہے ہیں۔ ان الزامات کا سامنا کرنے سے پہلے مجھے موت کیوں نہیں آگئی۔ ان الزامات کو لگانے سے بہتر تھا کہ آپ لوگ مجھے میر اگلا دبا کر مار ڈالتے۔ تو میں اپنا خون آپ لوگوں معاف کر دیتی۔ وہ دہاڑیں مار مار کر رو رہی تھی۔

"چوری اور سینہ زوری" منیش غصے سے بولا "۔ ایسی بے شرم لڑکی تو شاید ہی دنیا میں کوئی ہوتی۔ ارے ہم کیا تجھ پر الزام لگائیں گے۔ ڈاکٹری رپورٹ تیرے سارے گناہوں کا ثبوت ہے۔ تیرے گناہوں کی کہانی سناتا ہوں۔

"بیٹی! اگر ساری دنیا آکر مجھ سے کہتی تیری لڑکی آوارہ ہے بد چلن ہے تو میں ان پر بھروسہ نہیں کرتا

ان سے کہتا تم لوگ چاہو کچھ بھی کہو۔ مجھے میری بیٹی پر بھروسہ ہے۔ میری بیٹی ایسا نہیں کر سکتی۔ لیکن ڈاکٹری رپورٹ کو کون جھٹلا سکتا ہے۔ تمھاری ڈاکٹری رپورٹ میں صاف طور پر لکھا تھا۔

"ایچ آئی وی۔ پازیٹو" ایک کنواری لڑکی کو "ایچ آئی وی پازیٹو"

اسے اس کے بعد کسی کو کیا اس کی کہانی بتانے کی ضرورت ہے؟ یہ سننے کے بعد ہر کوئی اندازہ لگالے گا کہ اسے ایچ آئے وی کس طرح ہوا ہو گا۔ اور لڑکی کا کردار کس طرح کا ہو گا۔

لیکن وہ مسلسل روئے جارہی تھی اور صاف کہہ رہی تھی اس پر اتنا بڑا الزام لگانے سے بہتر ہے اس کا گلا دبا کر اسے ختم کر دیا جائے۔ اگر یہ سچائی بھی ہے۔ تو یہ قصہ یہاں پر ختم کر دیا جائے۔ جس بدنامی سے وہ ڈر رہے ہیں۔ وہ ڈر جاتا رہے گا۔ کسی کو معلوم نہیں ہو

گا۔ گھر کی بات گھر تک رہیگی۔

لیکن بھلا یہ کیا ممکن ہے؟

جو ماں باپ جس اولاد کو جنم دیتے ہیں۔ جسے وہ لاکھ مصیبتوں جتن سے پالتے ہیں۔ اس کی کسی بہت بڑی غلطی پر بھی کیا وہ بھی اس کی جان لے سکتے ہیں؟

نہیں۔۔ ایسا ممکن ہی نہیں تھا۔ وہ سب بے بس تھے۔ جوان بیٹی کی نہ تو جان لے سکتے تھے نہ اپنا غصہ ٹھنڈا کرنے کے لیے اس پر ہاتھ اٹھا سکتے تھے۔ نہ اس کی بات پر یقین کر سکتے تھے۔

ویسے بھی وہ سارے گھر کی لاڈلی تھی۔

اس کے ایک اشارے پر ماں باپ چاند ستارے لا کر اس کے قدموں میں ڈال سکتے تھے۔ تو بھلا وہ اس پر ہاتھ اٹھائے یہ ہو ہی نہیں سکتا تھا۔

سارے گھر والوں نے اسے اتنی باتیں سنا دیں یہی بڑی بات تھی۔

وہ مسلسل روئے جا رہی تھی۔ اور مسلسل اس بات سے انکار کر رہی تھی کہ اس نے کوئی غلطی کی ہے اس پر جو الزامات لگائے جا رہے ہیں جھوٹ ہیں۔

اس کے باوجود وہ اس کی بات نہیں مان رہے تھے اس کے لیے اس سے بڑھ کر کوئی اور سزا تو ہو ہی نہیں سکتی تھی۔

اس کی آنکھوں میں اگر آنسو آ جائے تو سارا گھر تڑپ اٹھتا تھا۔ اور سب اسے چاروں طرف سے گھیر لیتے تھے۔

"بیٹی! تمھارے آنکھوں میں آنسو دیکھ کر میرے کلیجے پر چھریاں چلنے لگتی ہیں۔ بتا تجھے کیا دکھ ہے۔

لیکن وہ آج مسلسل آنسو بہائے جا رہی تھی۔ لیکن اس کے آنسوؤں کا کسی پر بھی

کوئی اثر نہیں ہو رہا تھا۔

پھر اس کو اس کے حال پر چھوڑ کر سب چلے گئے۔

وہ اپنے کمرے میں آ کر پلنگ پر لیٹ کر آنسو بہاتی رہی۔ کسی نے بھی آ کر جھانک کر بھی نہیں دیکھا کہ وہ کیا کر رہی ہے۔ اس نے کھانا کھایا یا نہیں۔ وہ کھانا کھانا چاہتی ہے یا نہیں گھر کے ممبران تو دور گھر کے کسی نوکر نے بھی آ کر نہیں پوچھا۔

وہ رات بھر نہیں سو سکی۔

روتے روتے اس کی آنکھیں سوجھ گئیں۔ گلا رندھ گیا۔ کمزوری کی وجہ سے اسے چکر آنے لگے رات بھر طرح طرح کے وسوسے اسے گھیرے رہے۔ طرح طرح کے خیالات اس کے اندر ایک ادھم مچاتے رہے۔

بار بار اس کے ذہن میں ایک ہی خیال آ رہا تھا۔

"وہ خود کشی کر لے۔" اپنی زندگی کا خاتمہ کر کے اپنے غموں سے نجات حاصل کر لے اور اپنے گھر والوں کو ممکنہ بدنامی سے بچا لے۔

وہ غور کرنے لگی تو اسے محسوس ہونے لگا گھر والوں کو کا غصہ حق بجانب ہے۔ ایسی حالت میں ہر گھر والے اپنی لڑکی کے ساتھ یہی برتاؤ کر سکتے تھے بلکہ اس کو محسوس ہوا یہ گھر والوں کا لاڈ پیار ہے۔ معاملہ باتوں پر ختم ہو گیا۔ اگر وہ کسی اور گھر میں ہوتی تو ابھی تک اس کا جسم نیلا پیلا ہو گیا ہوتا

کوئی بھی گھر والے کیا دنیا سے اس بدنامی کے برداشت کر سکتے ہیں کہ دنیا والے ان پر انگلی اٹھا کر کہے وہ اس کنواری لڑکی کے ماں باپ ہیں جسے اس کی بد چلنی کی وجہ سے ایڈ س کا موذی روگ لگ گیا۔

اگر یہ سچائی تھی تو سچائی یہ بھی تھی کہ اسنے کبھی ایسا قدم نہیں اٹھایا تھا جس کی وجہ

سے اسے ایڈس کا مرض لاحق ہو۔

لیکن وہ اپنی اس سچائی کس طرح ثبوت دے اس کی کچھ سمجھ میں نہیں آرہا تھا۔

ڈاکٹر کی رپورٹ میں صاف لکھا تھا۔ ایچ آئی وی۔ پازیٹو۔

ڈاکٹری رپورٹ کی بھی جھٹلایا نہیں جاسکتا تھا۔

وہ ہمیشہ بیمار رہتی تھی۔

بیماریاں کبھی کافی طویل ہوتی تھی تو کبھی مختصر سی۔

بیماریوں کا باقاعدگی سے علاج ہوتا تھا۔ اس کی بیماریوں کے علاج میں غفلت نہیں کی جاتی تھی۔ کیونکہ وہ سارے گھر کی لاڈلی تھی۔ اور گھر میں پیسوں کی ریل پیل کی وجہ سے کوئی مسئلہ ہی نہیں تھا۔

گھر کا فیملی ڈاکٹر تھا۔ لیکن جہاں وہ کسی بیماری کے بارے میں کسی دوسرے ڈاکٹر سے علاج کروانے کا مشورہ دیتا فوراً اس سے رجوع کیا جاتا تھا۔ کئی سالوں سے اس طرح زندگی گزر رہی تھی۔

ڈاکٹروں کا کہنا تھا۔ وہ بہت کمزور ہے۔ اس لیے چھوٹی چھوٹی بیماری بھی اس پر بہت جلد حاوی ہوجاتی ہیں۔

کئی سالوں سے یہ سلسلہ چل رہا تھا۔

اچانک ڈاکٹر کے پتہ نہیں کیا بات ذہن میں آئی اس نے۔ 'ایچ آئی وی' ٹسٹ کا مشورہ دیا۔

اس پر کسی نے کوئی خاص توجہ نہیں دی۔ سمجھا یہ ڈاکٹر کا کوئی فارمل ٹسٹ ہے۔ ڈاکٹر لوگ تو اپنے مفاد کے لیے اس طرح کے عجیب و غریب ٹسٹ کراتے رہتے ہیں۔ اب ان کے کسی ٹسٹ کی مخالفت بھی نہیں کی جاسکتی ہے۔

اس لیے اس ٹسٹ کو بھی سیریس نہ لیتے ہوئے اس نے اپنا ایچ آئی وی ٹسٹ کروا لیا۔

اور ٹسٹ کی رپورٹ آتے ہی گھر میں یہ قیامت چھا گئی۔

دو تین دن اسی طرح گزرے۔

اس نے اپنے کمرے سے باہر قدم نہیں نکالا۔ ایک دن تک تو کسی نے بھی اسے کھانے پینے کے لیے نہیں پوچھا۔

لیکن پھر ماں کی ممتا جاگی۔ اور وہی اسکے کمرے میں آئی اور اس کی منت سماجت کر کے اسے کھانا کھانے کیلئے مجبور کرنے لگی۔

ماں کی منت سماجت سے مجبور ہو کر اس نے کسی طرح کھانا زہر مار کر کیا۔

ایک ہفتہ بعد گھر والوں نے سوچا رپورٹ پر تو انھوں نے طے کر لیا کہ کنتل کو ایڈس جیسا بدنام روگ ہے۔ لیکن انھوں نے ابھی تک رپورٹ ڈاکٹر کو بتائی نہیں نہ اس سلسلے میں اس سے مشورہ طلب کیا۔ تو انھوں نے اسے ڈاکٹر کے پاس لے جانے کا طے کیا۔ وہ ضد کرنے لگی کہ وہ ڈاکٹر کے پاس نہیں جائیگی لیکن اسے زبردستی ڈاکٹر کے پاس لے جایا گیا۔

رپورٹ دیکھنے کے بعد ڈاکٹر نے وہی کہا جس کے بارے میں انھوں نے اندازہ لگایا تھا۔ لیکن جب ماں نے پوچھا۔

"ڈاکٹر صاحب! کنتل کو یہ روگ کس طرح ہوا۔"

" ممکن ہے کنتل کے کسی ایسے لڑکے سے جسمانی تعلقات قائم ہوئے ہوں گے جو اس موذی مرض کا مریض رہا ہو گا۔ اس کی وجہ سے کنتل کو یہ روگ ہوا ہو گا۔"

تو وہ احتجاج کرنے لگی کہ جسمانی تعلقات تو دور کی بات آج تک کسی لڑکے نے اس

کے جسم کو چھوا بھی نہیں ہے۔ پھر یہ روگ اسے کس طرح لگ گیا۔

اس کے احتجاج پر ڈاکٹر کسی گہری سوچ میں ڈوب گیا۔

پھر بولا۔

"ایڈس صرف جسمانی تعلقات کی وجہ ہی سے نہیں ہوتا ہے۔ کسی ایڈس کے مریض کا خون چڑھانے سے بھی ہو سکتا ہے۔ اور کسی ایڈس کے مریض کو لگائے گئے انجکشن سے بھی اگر کسی صحت مند آدمی کو انجکشن لگایا جائے تو بھی اسے ایڈس ہو سکتا ہے۔ کنتل کئی سالوں سے بیمار ہے۔ اس کا علاج کئی ڈاکٹروں کے پاس ہوا ہے۔ کسی ڈاکٹر نے لاپرواہی سے اسے کبھی کسی ایسی سوئی سے انجکشن لگا دیا ہو گا جو کسی ایڈس کے مریض کو دی گئی ہو۔ اس کی وجہ سے بھی کنتل کو ایڈس ہو گیا ہو گا۔

ڈاکٹر کی بات سن کر وہ خوشی سے اچھل پڑی۔

اسے ایسا لگا جیسے اس کے سارے گناہوں کے الزامات سے بری کر دیا گیا ہے اس نے اپنے گھر والوں کی طرف دیکھا۔ ان کی آنکھوں میں خوشی کے آنسو تھے اور چہرے سے مسرت جھلک رہی تھی۔

مسرت اس بات کی تھی کہ انھیں اس بات کا احساس ہو گیا تھا ان کی بیٹی آوارہ بد چلن نہیں ہے۔ اب وہ سماج میں سر اٹھا کر چل سکتے ہیں۔ انھیں شرمندہ ہونے کی ضرورت نہیں ہے۔ اسے اور اس کے گھر والوں کو اس بات کی کوئی پرواہ نہیں ہے۔ کہ اس کی بیماری لاعلاج ہے۔

وہ ہنستے ہنستے موت کو گلے لگا سکتی تھی۔ کیونکہ اسے اس بات کی خوشی تھی اس کے گھر والے اس کی موت پر آنسو بہائیں گے۔ ان کے دل میں اس کے لیے کوئی نفرت نہیں ہے۔

زندگی اور موت اوپر والے کے ہاتھ میں ہے۔ اوپر والے سے ہر کوئی زندگی چاہتا ہے۔ کبھی موت کی دعا نہیں کرتا۔ موت کب آئے گی کسی کو علم نہیں ہوتا ہے۔

لیکن کسی کو علم ہو جائے کہ وہ مرنے والا ہے تو اس کی زندگی کتنی کربناک بن جاتی ہے۔ ہر لمحہ دھڑکا لگا رہتا ہے کہ ابھی موت کا فرشتہ اس کی روح قبض کرنے کے لئے آیا۔ اور وہ اس دنیا سے چل دیا۔

اس کی زندگی کو لاحق روگ کی وجہ سے کچھ اس راہ پر چل نکلی تھی۔ لیکن کم سے کم اسے اس بات کا احساس اور خوشی تو تھی کہ اس کے گھر والے اس کے غم میں برابر کے شریک ہیں۔

***

شہر بدر

ساری کوششیں بیکار گئیں۔ ساری امیدیں خاک میں مل گئیں۔ ساری ترکیبیں غلط ثابت ہوئیں۔ آس کی آخری ڈور بھی ٹوٹ کر ٹکڑے ٹکڑے ہو گئی۔

آخر وہ گھڑی آ پہونچی جس کا سب کو خدشہ تھا۔

خوفزدہ سے لوگ اپنے اندر اپنے گھروں سے نکلنے کی ہمت بھی نہیں جٹا سکے۔

جو ہمت کر کے گھروں سے نکلے سلیم بھائی کے مکان کے قریب جانے کی ہمت نہیں کر سکے دور کھڑے ہو کر تماشائیوں میں شامل ہو گئے۔

سلیم بھائی کے حق میں احتجاج کرنے والا اس کی بیوی اور تین چھوٹے بچوں کے علاوہ کوئی نہیں تھا۔

ایک گھنٹہ سے سلیم بھائی شہر کے لیڈران سے مسلسل رابطہ قائم کئے ہوئے تھے اور ان کو صورت حال سے مطلع کرتے ہوئے انھیں جلد از جلد ان کے مکان پر پہونچنے کی درخواست کر رہا تھا۔

ہر کسی کا ایک سا جواب تھا۔

'بہت ضروری کام میں ہے میٹنگ میں ہیں۔ کام میٹنگ ختم ہوتے ہی ان کے گھر پہونچنے کی کوشش کریں گے۔ وہ گھبرائیں نہیں ہمت سے کام لیں۔ سب کچھ ٹھیک ہو جائے گا۔ اس سلسلے میں ہائی کمان کو بھی مطلع کر دیا گیا ہے امید ہے اب تک وزیر داخلہ کو ہائی کمان کا فون پہونچ گیا ہو گا اور انھوں نے کمشنر کو حکم دے دیا ہو گا کہ وہ سلیم کی شہر

بدری کا حکم نامہ فوراً منسوخ کر دے یا واپس لے لیں۔

لیکن ایسا کچھ بھی نہیں ہوا تھا۔

دیئے گئے وقت کے گزر جانے کے بعد فوراً ہی تین چار گاڑیاں محلے میں داخل ہوئیں ان میں ہتھیاروں سے لیس پولس کے سپاہی تھے جو گاڑی سے اتر کر چاروں طرف پھیل گئے۔

انھوں نے پوزیشن لیکر اپنے ہتھیار تیار کر لیے۔ بس انھیں حکم ملنے کی دیر تھی ان کے ہتھیار آگ کا دریا بہا کر کشت و خون بہانے کے لیے تیار تھے۔

پورا محلہ کسی چھاؤنی میں تبدیل ہو گیا تھا۔

ہتھیاروں سے لیس پولس کے ارادوں کا محلے والوں نے اندازہ لگا لیا تھا اس لیے ان کے دل دہل گئے تھے۔ اگر انکے دلوں میں سلیم بھائی کی شہر بدری کے خلاف احتجاج کر نے کا کوئی ارادہ ہو گا بھی تو ہتھیار بند پولس کے چہروں سے ٹپکتے ان کے ارادوں کو دیکھ کر انھوں نے اپنا ارادہ بدل دیا تھا۔

ایسی صورت حال میں کون احتجاج کرنے کی ہمت کر سکتا تھا؟

ہر کسی کو پولس کی وحشیانہ گولیوں کا شکار ہونے کا خوف تھا۔

سلیم خود اپنے آپ کو بے بس محسوس کر رہا تھا۔

جن شہر والوں کے لیے، محلے والوں کے لیے اس نے وہ اقدامات اٹھائے تھے جن کی بدولت اسے شہر بدری کا حکم سنایا گیا ان میں سے آج کوئی بھی اس کے ساتھ نہیں تھا۔

کل تک اس کے گھر میں محلے والوں اور شہر والوں کی ایک بھیڑ لگی ہوئی تھی۔

ہر کوئی اسے دلاسہ دے رہا تھا۔

'سلیم بھائی! آپ دل چھوٹا نہ کیجئے ہمت نہ ہاریئے، ہم عدالت میں تو اس معاملے کے

خلاف گئے ہیں ہو سکتا ہے ہمیں اسٹے مل جائے۔ اور ہمیں اسٹے یقیناً مل جاتا لیکن بد قسمتی سے دو دن کورٹ بند ہے۔ لیکن کل جیسے ہی کورٹ کھلے گا ہمیں امید ہے، ہمیں اسٹے مل جائے گا۔

'سلیم بھائی! سارے شہر کے لوگ ان راستوں پر جا کر پولس کو للکاریں گے کہ اگر تم کو سلیم بھائی کو گرفتار کرنے جانا ہے تو تم پہلے ہماری لاشوں پر سے جانا ہو گا۔

'اگر پولس نے کل تمھیں دھکا بھی لگایا تو احتجاج میں پورے شہر میں ہڑتال ہو جائے گی۔ ساری دوکانیں کاروبار بند کر دیا جائے گا۔ ہماری پارٹی آپ کے ساتھ ہے۔ اور آپ کو انصاف دلانے کے لیے، آپ پر ہونے والے مظالم، نا انصافی کے خلاف ہماری پارٹی کے سارے ورکر سڑکوں پر اتر آئیں گے۔

ایک سیاسی لیڈر نے کہا تھا۔

اس طرح کی سینکڑوں باتیں ہوئی تھیں۔

جس سے اس کی ایک ڈور بندھی تھی۔ امید کی ٹمٹماتی لو میں ایک نئی قوت سرایت کر گئی تھی اور وہ مکمل طور پر روشن ہو گئی تھی۔

سلیم کو لگا اسکے سارے خدشات بے بنیاد ثابت ہوں گے۔

وہ اپنے شہر میں اپنے گھر میں اپنے بال بچوں کے ساتھ رہے گا۔

جب سارا شہر، شہر کے اتنے بڑے بڑے لوگ احتجاج کریں گے تو پولس کو جھکنا پڑے گا۔ اور امن و امان قائم رکھنے کے لیے اپنا حکم نامہ واپس لینا پڑے گا۔

لیکن سورج کے نکلتے ہی مایوسی اور نامرادی کے گھنے بادلوں نے ان کے وجود کو ڈھکنا شروع کر دیا تھا۔

سورج اوپر چڑھ رہا تھا اس کی روشنی اور تمازت بڑھتی جا رہی تھی اور سلیم کے گرد

مایوسی کے گہرے اندھیرے پھیلتے جا رہے تھے۔

سویرے سے بلند دعوی کرنے والوں میں سے کوئی بھی نہیں آیا تھا۔

شہر کے لیڈر، لوگ تو دور محلے کے کسی فرد نے بھی اس کے گھر پر قدم نہیں رکھا تھا۔

اس کا دل ڈوبتا جا رہا تھا۔

تو اس کا مطلب دو سالوں کے لیے اسے اپنا شہر، محلہ، بیوی بچوں کو چھوڑ کر ایک انجان شہر جانا ہو گا؟

کہاں جاؤں گا میں کس شہر میں اکیلا رہوں گا؟ میری بیوی چار بچے کیا اکیلے اس شہر میں رہ پائیں گے؟ ان کا گزر بسر کس طرح ہو گا؟ یہاں اس شہر میں میرا چھوٹا سا کاروبار تھا جس میں میرا اور میرے خاندان کے افراد کا گزر بسر ہو جاتا تھا۔ لیکن میں اکیلا کیا ایک نئے شہر میں پھر سے نیا کاروبار شروع کر پاؤں گا؟

ابھی تک تو اس بات کا بھی اسے خود علم نہیں تھا کہ وہ شہر کے بعد کس شہر میں جائے گا۔ یا پولس اسے کس شہر میں لیجا کر چھوڑے گی۔

آس پاس کے شہروں میں کوئی بھی ایسا شہر نہیں تھا جہاں اسے سر چھپانے کا کوئی ٹھکانہ تھا۔

دور دراز کے شہر جانے کا تو وہ سوچ بھی نہیں سکتا تھا بیوی بچوں کا مسئلہ تھا۔

شہر بدر ہونے کے بعد بیوی بچوں سے رابطہ کسی قریبی شہر میں رہ کر ہی رکھا جا سکتا تھا۔ وہ تو ان سے ملنے کے لیے نہیں جا سکتا تھا وہ ہی اس سے ملنے کے لیے آسکتے تھے۔ ہفتے ۱۵ دنوں میں ایک آدھ بار۔ بچوں کی اسکول کا مسئلہ تھا اس لیے وہ کسی نئے شہر میں بس کر بچوں اور بیوی کو اپنے پاس بلانے کا سوچ بھی نہیں سکتا تھا۔

۱۱ بجے کے قریب آخری امید بھی ٹوٹ گئی تھی۔

کچھ سوشل ورکر جو اس کی شہر بدری کے خلاف عدالت سے اسٹے حاصل کرنے لیے عدالت گئے تھے وہ مایوس لوٹ آئے۔ اس کا جج چھٹی پر تھا اس لیے نہ تو اس کی عرضی داخل ہو سکی اور نہ اسے اسٹے دینے پر غور ہو سکا۔

اور وقت متعین پر پولس فورس دندناتی ہوئی محلے میں پہونچ گئی۔ مشین گنوں کو نوک پر اسے پولس کی جیپ میں بیٹھنے کا حکم دیا گیا۔

احتجاج کرتی اس کی بیوی کو دو تین لیڈیز پولس کانسٹبلوں نے اپنے گھیرے میں لے لیا۔ احتجاج کرتے بچوں کو دو چار کانسٹبلوں نے دبوچ لیا۔

اور تو کوئی نہ احتجاج کرنے والا تھا اور نہ آگے آنے والا تھا سب خاموش تماشائی بنے دیکھ رہے تھے۔

کسی میں نہ تو احتجاج کرنے کی قوت تھی اور نہ لب کشائی کی۔

کسی بھی جرأت کا انجام وہ اچھی طرح جانتے تھے۔

پولس کی جیپ ایک انجان منزل کی طرف چل دی۔

اس نے جیپ کی کھڑکی سے ہاتھ نکال کر کھڑے لوگوں کو الوداع کہا۔

ہاتھ ہلاتے ہلاتے اس کا دل بھر آیا۔ پہلے آنکھوں سے آنسو نکلے پھر منہ سے سسکیاں نکلنے لگیں گلا رندھ گیا اور پھر وہ بچوں کی طرح پھوٹ کر رونے لگا۔

اس کے رونے کی آواز اور اس کے آنسو دیکھ کر جیپ میں بیٹھے ایک پولس کانسٹبل کا دل بھی پسیج گیا۔

'اب بچوں کی رونے سے کیا ہو گا سلیم بھائی! جو تقدیر میں لکھا ہے اس کا سامنا تو کرنا پڑے گا۔ تم کو شہر بدر کرنے سے کم سے کم میں تو خوش نہیں ہوں۔ میں جانتا ہوں تمھارا

کوئی قصور نہیں ہے تم نے کوئی ایسا گناہ نہیں کیا ہے جس کی سزا کے طور پر تمھیں شہر بدر کیا جائے۔ لیکن پولس کی انا کا سوال ہے۔

پولس اپنی قوت کا مظاہرہ کر کے دہشت پھیلانا چاہتی ہے تا کہ سب کو پولس کی قوت کا پتہ چل جائے اور پھر کوئی سلیم پولس کے خلاف آواز نہ اٹھائے۔ پولس سے ٹکرانے کی کوشش نہ کرے۔۔۔

بات تو سچ تھی۔

اس نے پولس کے خلاف آواز اٹھائی تھی اس نے پولس سے ٹکرانے کی کوشش کی تھی۔

لیکن یہ کوئی اس کا گناہ نہیں تھا۔ ایک سچائی تھی اس نے انصاف کے لیے ناانصافی کے خلاف آواز اٹھائی تھی۔

گذشتہ دنوں احتجاج کرتی عوام پر پولس نے اندھا دھندہ گولیاں برسائی تھیں۔ پولس کی اس وحشیانہ فائرنگ میں کئی لوگ مارے گئے تھے۔ اور کئی زخمی ہوئے تھے۔

ظاہر سی بات تھی پولس کی اس بربریت کے خلاف سبھی نے آواز اٹھائی تھی اور اس نے سب سے زیادہ اس لیے اٹھائی تھی کیونکہ وہ وہ پولس کی بربریت کا چشم دید گواہ تھا۔

وہ پولس کے خلاف احتجاج کر والوں میں شامل تھا کیونکہ وہ محلے کا ایک شوسل ورکر تھا۔ ایک سیاسی جماعت کا رکن اور سرگرم ورکر بھی تھا۔ جب عوام اپنے کسی مطالبہ کے لیے احتجاج کر رہی ہو تو اس میں اس کا شامل ہونا لازمی تھا۔

اور وہ حادثہ ہو گیا۔

جیسے ہی پولس فائرنگ کی خبر میڈیا کو ملی۔ چاروں طرف سے میڈیا کے نمائندے

چاروں طرف سے امڈ پڑے۔ ان کو اپنے اخبارات کے صفحات سیاہ کرنے تھے اپنے چینل کے دھماکے دار گرم گرم خبریں مہیا کرنا تھا۔

مورچے میں شامل ایک ایک فرد کو ڈھونڈھ ڈھونڈھ کر اس کے پاس پہونچتے اور اس سے انٹرویو لیتے۔

وہ تو ایک سوشل ورکر تھا۔ اس کے پاس گفتار کے قوت بھی کافی مضبوط تھی اس لیے میڈیا کے ہر فرد نے اس سے انٹرویو لیا۔ اس نے بھی اپنے فن تقریر کی مہارت کا استعمال کر کے سارے واقعات کیمرے کا سامنے بیان کر دیے اور پولس کے رویے کے خلاف کافی سخت سست کہا۔

ہر ٹی وی چینل نے اس خبر کو دکھایا اور ساتھ ہی اس کو انٹرویو اس طرح سے وہ ہیرو بن گیا۔

اپنے ظلم کو چھپانے کے لیے اور اپنے آپ کو ظالم کے بجائے مظلوم ظاہر کرنے کے لیے اور پولس نے پینترا بدلا۔

پولس نے پولس فائرنگ کا جواز پیش کیا مظاہرین نے پولس پر سخت پتھراؤ کیا تھا اس پتھراؤ کی وجہ سے کئی پولس والے جن میں اعلیٰ افسر بھی شامل ہیں شدید زخمی ہوئے اس وجہ سے پولس کو فائرنگ کرنی پڑی۔

ان پولس والوں کو سول اسپتالوں میں داخل کر کے ان کے زخمی ہونے کے ثبوت اکٹھا کر لیے گئے اور اعلیٰ افسر بڑے بڑے پرائیوٹ اسپتالوں کے اے سی وارڈ میں داخل ہو کر سرکار کے خرچے پر اپنی مختلف بیماریوں کا علاج کروانے لگے۔

ڈنڈے کی زور پر پولس نے ماحول بنا دیا کہ پولس کا قدم جائز تھا۔

اب پولس نے مظاہرین کے خلاف دنگے فساد کرنے کا مقدمہ قائم کیا۔

مظاہرے میں شامل افراد کو چن چن کر گرفتار کیا گیا۔ زخمیوں کو اسپتالوں سے گرفتار کر کے لاک اپ میں ٹھونس دیا گیا۔

یہاں تک کہ فائرنگ میں مرنے والوں کے خلاف بھی مقدمے درج کئے گئے مقدمہ اس پر بھی قائم کیا گیا لیکن وہ اپنے اثر و رسوخ کی وجہ سے جلد باہر آگیا۔

باہر آنے کے بعد اس کی ناانصافی کے خلاف آواز کچھ زیادہ ہی بلند ہو گئی۔

پولس کی زیادتیوں سے وہ پھر ایک بار عوام، خواص، ارباب اقتدار، ہائی کمانڈ کو متعارف کرنے لگا جس کی وجہ سے پولس کی نظر میں آگیا۔

ایک دو بار پولس کے اعلیٰ حکام نے بلا کر اسے وارننگ دی۔

'سلیم! پولس سے ٹکرانے کی کوشش مت کرو ورنہ اس کا انجام بہت برا ہو گا۔ پولس جو کر رہی ہے اس کو اپنا کام کرنے دو ان کے معاملے میں ٹانگ اڑانے کی کوشش مت کرو نہیں تو کہیں کے نہیں رہو گے۔"

لیکن اس وارننگ کی وجہ سے وہ کچھ زیادہ ہی بیباک ہو گیا۔

'میری زبان بند کرنے کی کوشش کا جارہی ہے۔ مجھے دھمکیاں دی جارہی ہیں لیکن میں ظلم کے سامنے ہتھیار نہیں ڈالوں گا۔ سچ کہنے کے لیے کسی بھی دباؤ سے نہیں ڈروں گا۔

اور پھر اس کے اسی رویہ کی وجہ سے اس کے خلاف ایک بار پھر پولس کی انتقامی کاروائیوں کا سلسلہ شروع ہو گیا۔

دو دو سال پرانے معاملوں میں بھی اسے گھسیٹا جانے لگا۔

جن معاملوں سے اس کا کوئی تعلق بھی نہیں تھا اس کو ان معاملوں میں گھسیٹا جانے لگا۔

یہاں تک کے ایک دو بار چوری، ڈکیتی، ہفتہ وصولی کے دو چار معاملوں میں بھی اسے ملوث کر کے اس پر کیس بنا دیا گیا۔

پولس اس کی پہونچ سے ڈرتی تھی۔ کیونکہ جب بھی اسے اس طرح کے کسی معاملے میں گھسیٹا جاتا کسی معتبر آدمی کا پولس کو فون پہونچ جاتا تھا کہ انھوں نے اسے کیوں گرفتار کیا؟ اس کو اس معاملے میں ملوث کیا جارہا ہے اسے فوراً چھوڑ دیا جائے ورنہ انجام اچھا نہیں ہو گا۔

پولس کا ایک ہی جواب ہوتا۔

ہم نے سلیم کو شک کی بنیاد پر گرفتار کیا ہے؟

"آپ کے پاس یہی تو ایک دفعہ ہے جس کے تحت آپ صدر جمہوریہ اور وزیر اعظم کے بھی بلا وجہ گرفتار کر سکتے ہیں۔ اپنی دفعات کا استعمال ظلم کرنے کے لیے بند کرو۔۔ ورنہ ہمیں بھی اس کے خلاف کچھ کرنا پڑے گا۔۔"

پولس اسے ضمانت پر یا وارننگ دیکر چھوڑ دیتی لیکن ایک کیس تو اس پر تیار ہو جاتا۔

اس طرح اس پر پولس نے اتنے کیس تیار کر لئے جن کی بنیاد پر وہ اسے نامی غنڈہ بد معاش قرار دے سکتی تھی کہ اس کی وجہ سے شہر میں امن وامان کی صورت حال کو خطرہ پیدا ہو سکتا ہے۔

اس لیے اسے شہر بدر کر دیا جائے۔

پولس کو یہ کاروائی چند سیاسی بے لگام گھوڑوں پر لگام کسنے کے لیے کرنی بھی تھی اور عوام میں دہشت پھیلانا چاہتی تھی کہ وہ پولس سے الجھنے کی کوشش نہ کریں۔

اپنی وردیاں اور کرسیاں بچانے کے لیے پولس جو بھی کاروائی کریں تماشائی بن کر چپ چاپ دیکھا کریں ان میں کوئی دخل نہ دیں نہ ان کے خلاف آواز اٹھائے۔

اوپولس نے کمشنر سے ان کیسوں کے پس منظر میں اس کا شہر بدر کیے جانے کا حکم نامہ حاصل کرلیا۔

یہ خبر سنتے ہی سارے شہر میں ایک بے چینی سی پھیل گئی۔

یہ ظلم ہے۔ناانصافی ہے۔

'پولس راج ہے۔'

"غنڈے بد معاش تو شہر میں آزاد دندناتے پھرتے رہے اور شریف عزت دار لوگوں کو شہر بدر کیا جائے۔"

لیکن عوام اور خواص کا احتجاج صرف زبانی طور پر تھا۔ پولس کے کانوں پر اس سے جوں کہاں ہے رینگنے والی تھی۔

یہ طے کیا گیا کہ اس کے خلاف احتجاج کیا جائے گا۔ پارٹی ہائی کمان سے شکایت کی جائے گی۔

لیکن ساری باتیں زبانی چلتی رہیں۔

اور اس کے شہر بدر کا وقت آ گیا۔

اب وہ ایک انجان شہر کی طرف انجان منزل کی جانب ایک انجان سی زندگی شروع کرنے جارہا تھا۔

اپنے ماضی پر نظر ڈالتے سوچ رہا تھا کہ اس کا ماضی صحیح تھا یا غلط جو اسے اس انجان مستقبل کی سزا مل رہی ہے۔

***

زیست

رات سے طبیعت ٹھیک نہیں تھی۔ پورے وجود میں ایک ہلچل مچی ہوئی تھی۔

بار بار آنکھوں کے سامنے اندھیرا سا چھانے لگتا اور ہر چیز دھندلی سی محسوس ہوتی تھی۔ پیٹ کے اندر جیسے ایک آندھی سی چل رہی تھی۔

بچے کے گھومنے کی رفتار کچھ بڑھ گئی تھی۔

دل چاہا کہ آج کام پر نہ جائے۔

اس سلسلے میں اس نے رگھو سے مشورہ کرنا چاہا۔

لیکن رگھو تو نشے میں دھت پڑا تھا۔ رات اس نے معمول سے زیادہ پی لی تھی۔ کافی دیر سے گھر آیا۔ اس کے قدم لڑکھڑا رہے تھے۔ جسم پر کئی مقامات پر خراشیں تھیں جو اس بات کی کہانی سنا رہی تھیں کہ وہ کس طرح گھر آیا ہوگا۔

یقیناً گھر آتے وہ کئی مقامات پر لڑکھڑا کر گرا ہوگا۔ گرنے سے اسے چوٹیں اور خراشیں آئی ہوں گی۔ یہ بھی ممکن ہے کہ کسی جگہ وہ گرا ہوگا اور بے ہوش ہو گیا ہوگا۔ پھر ایک دو گھنٹے بعد اسے ہوش آیا ہوگا۔

شام کے وقت اکثر گھر سے عادی شرابی سڑک کے کنارے پڑے ہوتے ہیں کوئی ان پر توجہ نہیں دیتا ہے۔ جب ان کا نشہ اترتا ہے اور آنکھ کھلتی ہے تو وہ چپ چاپ اپنے گھروں کو چل دیتے ہیں۔

دن میں اکثر وہ بچوں اور شرارتی لوگوں کی توجہ کا مرکز بن جاتے ہیں بچے اور

شرارتی لوگ ان کے نشے کا فائدہ اٹھاکر ان کے ساتھ من چاہی حرکتیں کر کے لطف اندوز ہوتے ہیں۔

رگھو نے جس مقدار میں پی تھی اس کے ساتھ اس طرح کی کوئی کہانی نہ ہو یہ ممکن ہی نہیں تھا۔

اکر اس کا رگھو سے اس بات پر جھگڑا ہوتا تھا۔

اس کی بات کا رگھو کے بات سیدھا سا جواب رہتا تھا۔

"لکشمی! تو کیا سمجھتی ہے میں شراب نشے کے لئے پیتا ہوں۔ دن بھر بوجھ ڈھوتے ڈھوتے سارا جسم دہکتے انگاروں کی طرح بن جاتا ہے جسم کا انگ انگ دکھتا ہے۔ اس درد سے رات بھر نیند نہیں آتی اس لیے تھوڑی سی پی لیتا ہوں۔ نشے کی وجہ سے نیند آ جاتی ہے۔

"تم کیا سمجھتے ہو مجھے تکلیف نہیں ہوتی ہوگی" رگھو کا یہ جواب سن کر وہ بھڑک اٹھتی "میں بھی تو دن بھر جانوروں کی طرح کام کرتی ہوں۔ بوجھ ڈھوتی ہوں۔ میں بھی جب رات کو بستر پر سونے کے لئے لیٹتی ہوں تو میرے بھی جسم کا انگ انگ دکھتا ہے۔

تھکن سے نیند نہیں آتی ہے۔ میں تو اسے دور کرنے کے لئے شراب نہیں پیتی؟ اگر میں بھی پینا شروع کر دوں تو۔۔۔؟

"ارے نہیں رے میری لکشمی! تو تو دیوی ہے دیوی۔ جو میرے جیسے شیطان کے پلے بندھ گئی ہے اور زندگی گزار رہی ہے۔ تو شیطان کو بدلنے میں کاہے کو اپنا وقت خراب کرتی ہے۔ مجھے شیطان ہی رہنے دے۔ اور تو دیوی بنی رہ ہماری زندگی کی گاڑی آرام سے چلتی رہے گی۔

رگھو کی بات سن کر وہ لاجواب ہو جاتی۔ اسے اپنے اندر کہیں سے خوشی کے سوتے

پھوٹتے محسوس ہوتے۔

رگھو نے اسے دیوی کہا یہ کتنی بڑی بات ہے۔ وہ اسے دیوی سمجھتا ہے یہی بہت بڑی بات ہے ورنہ اس کی برادری کے مرد تو کبھی اپنی عورتوں کو عزت نہیں دیتے۔ بات بات پر گالیاں دیتے ہیں شراب پی کر آتے ہیں تو نشے میں انھیں جانوروں کی طرح مارتے ہیں اور اپنی ضرورت کے لئے ان کا جانوروں سا استعمال کرتے ہیں۔

لیکن رگھو اس کے ساتھ ایسا کچھ نہیں کرتا یہ بڑی بات ہے۔

ایسا نہیں تھا کہ رگھو اسے گالیاں نہیں دیتا تھا یا مارتا نہیں تھا۔

جب وہ کام کرنے لگی تھی رگھو کے رویہ میں تبدیلی آگئی تھی وہ اسے کم گالیاں دیتا تھا اور کم مارتا تھا۔ اس کے کام کرنے کی وجہ سے اس نے گھر میں پیسے بھی کم دینے شروع کر دیے تھے۔

شرب زیادہ پینے لگا تھا۔

وہ گھر کی طرف سے بے فکر ہو گیا تھا۔

اسے علم تھا اب وہ گھر چلا لے گی اسی لئے تو کام پر جانے لگی ہے۔

اب اسے گھر کی کوئی فکر نہیں۔ دل میں آیا تو کام کیا، من میں آیا تو کچھ پیسے لکشمی کے ہاتھوں پر رکھ دیئے، من میں آیا تو بچوں کے لیے کچھ لے آیا ہاں شراب پینا معمول بن گیا تھا۔

پہلے وہ کبھی کبھی پیتا تھا۔ لیکن اب باقاعدگی سے پیتا ہے۔

کبھی کبھی وہ سوچتی اس نے کام کرنا شروع کر کے بہت بڑی غلطی کی ہے اگر گھریلو عورت بن کر رہ گئی ہوتی تو رگھو کی عادتیں خراب نہیں ہوتی۔

لیکن اسے کام پر جانا مجبوری محسوس ہوتا تھا۔

راجو اسکول جانے لگا تھا۔ رکھمی بڑی ہو رہی تھی اخراجات بڑھ رہے تھے۔ رگھو کے دیے پیسوں میں گھر چلتا تھا لیکن تمام ضروریات پوری نہیں ہوتی تھیں۔

بچوں کی ضرورتیں، کپڑے لتے، دوا وغیرہ۔

اس لئے اس نے مجبوراً فیصلہ کیا تھا کہ وہ کام پر جائے گی۔

کام پر جانے سے قبل دونوں کے درمیان باقاعدگی سے معاہدہ ہوا تھا۔

'میں کام کروں گی تو ان پیسوں سے گھر چلاؤں گی، تم جو کام کرو گے ان پیسوں کی بچت کرو گے۔ بچے بڑے ہو رہے ہیں۔ ان کے خرچے ہیں ہم کب تک اس جھگی میں رہیں گے۔ اس شہر میں رہنا ہے تو کوئی اچھی سی کھولی لینی پڑے گی۔ گاؤں کا گھر بھی بناتا ہے۔ میں بھی گھر میں اکیلے اکتا جاتی ہوں۔ کام کروں گی تو دو پیسے تو ملے گے۔"

رگھو نے نہ تو اس کے کام کرنے پر کوئی اعتراض کیا تھا اور نہ اس کی کسی بات سے انکار کیا تھا۔

برادری کی سبھی عورتیں کام کرتی ہیں رگھو کے تمام دوستوں کی بیویاں کام پر جاتی تھیں۔ اس کے دوست اکثر اسے طعنہ دیا کرتے تھے۔

"بیوی کو مہارانی بنا رکھا ہے۔ گھر کا کام کرتی ہے تو کوئی اپکار نہیں کرتی ہے۔ ہماری بیویوں کو دیکھ گھر کا کم بھی کرتی ہیں بچے بھی سنبھالتی ہیں اور کام کر کے دو پیسے بھی کماتی ہیں۔"

لکشمی کے لیے کام کرنا کوئی مشکل کام نہیں تھا۔

بچپن سے وہ کھیتوں میں کڑی دھوپ میں کام کرتی آئی تھی۔

شادی کے سات آٹھ سالوں میں اس کی عادت چھوٹ گئی تھی۔

لیکن ایک بار کام شروع کر دیا تو پھر عادت ہو گئی۔

کام کیا تھا ایسا کوئی مشکل کام بھی نہیں تھا۔ نہ اسے ڈھونڈھنا پڑتا تھا اور نہ اس کے لئے خاص تربیت لینی پڑتی تھی۔

تین بتی کے انسانی بازار میں جا کر کھڑے ہو گئے۔ لوگ خود آتے تھے اور جتنے مزدوروں کی ضرورت ہے چن کر لے جاتے تھے۔

کبھی کسی ایسی جگہ کام مل گیا جہاں دس پندرہ دن کا مسلسل کام ہو تو پھر روزانہ تین بتی جانے کی ۹ ضرورت بھی نہیں گھر سے سیدھا کام کی جگہ چلے گئے۔ وہاں سے واپس گھر۔

پھر ایک دو عمارتیں بنانے والے کڑیوں سے پہچان ہو گئی تھی۔

انھیں پتہ تھا یہ عورت اچھا کام کرتی ہے محنتی ہے تو انھوں نے اسے اپنے ساتھ رکھ لیا تھا۔ انھیں کام مل جاتا تو اسے بھی کام مل جاتا۔

انھیں کام نہیں مل پاتا تو اسے بھی کام نہیں مل پاتا۔

اس طرح اسے خالی ہاتھ گھر آنا پڑتا تھا۔

کام کیا تھا زیر تعمیر عمارتوں کے لئے اینٹیں ڈھونا ریتی صاف کرنا۔ ریت سمنٹ ملانا۔ ریت سمنٹ کام کرنے والے مزدوروں تک پہنچانا وغیرہ وغیرہ۔

یہ تو کام اس کے لئے معمولی کام تھے۔ وقت کس طرح گزرنے لگا پتہ ہی نہیں چل سکا۔ پھر گوٹیا بھی آ گیا۔ لیکن اتنے سالوں تک کام کرنے کے بعد اسے محسوس ہوا جس مقصد کے لے اس نے کام شروع کیا تھا وہ مقصد پورا نہیں ہو سکا ہے۔

بچت کے نام پر وہ اتنے سالوں میں کچھ ہزار روپیے بھی جمع نہیں کر سکے ہیں۔

رگھو کام کی طرف سے لاپرواہو گیا تھا۔ کام کرتا تھا تو ساری کمائی شراب میں اڑا دیتا تھا۔ وہ ایک ٹرانسپورٹ پر مال چڑھانے اتارنے یا انھیں ہاتھ گاڑی پر لاد کر پارٹی دوکانوں تک پہونچانے کا کام کرتا تھا۔

کام تو ہمیشہ ملتا تھا لیکن رگھو کے دل میں آتا تو وہ کام نہیں کرتا دوستوں کے ساتھ جوا کھیلنے میں لگ جاتا تھا۔

اس طرح اسے گھر بھی چلانا پڑ رہا تھا۔ اور بچت کے لیے بھی سوچنا پڑ رہا تھا۔

۱۰۰ روپیہ یا ۱۲۰ روپیہ روزانہ اسے ملتا تھا ان میں بڑے شہر میں ۴ ممبروں کے خاندان کی پرورش کافی مشکل کام ہوتا تھا۔ لیکن روکھی سوکھی کھا کر گزر بسر چل رہا تھا۔ کبھی کبھی رگھو کچھ پیسے دے دیتا تھا تو وہ ان کی بچت کر لیتی تھی۔

اور اب ایک اور ممبر ان کے درمیان آنے والا تھا۔

پیٹ پھولتا جا رہا تھا۔ سوتی دیہاتی مزدوروں کی طرز کی ساڑی میں پیٹ کچھ زیادہ ہی پھولا ہوا محسوس ہوتا تھا اسے اس حالت میں کام کرتا دیکھ کر اس کے ساتھیوں کو تشویش ہوتی تھی۔ وہ اسے۔۔۔ بھی تھیں۔

"لکشمی کب تک کام کرے گی؟ کچھ دن آرام کر۔

" آرام کروں گی تو کھاؤں گی کیا؟ بچوں کو کیا کھلاؤں گی؟

انھیں کیا بھوکا ماروں؟ رگھو تو نکمے پن پر اترا ہوا ہے۔ اسے اس بات کی پرواہ ہی نہیں ہے کہ عورت کی کیسی حالت ہے۔ اب اسے کام نہیں کرنا چاہئے۔ ایک دوبار اس سے کہا بھی کہ اب میں کام پر نہیں جاؤں گی تو بھی اس کے کانوں پر جوں نہیں رینگی۔ نہ اس نے کوئی جواب دیا کہ ٹھیک ہے کام پر مت جا۔ یا تجھے کام پر جانا پڑے گا۔ کام پر نہیں جائے گی تو کیا کھائے گی۔۔۔۔ میں سمجھ گئی کہ وہ نہیں چاہتا ہے کہ میں کام پر نہ جاؤں۔ اس لئے کام کرنا تو مجبوری ہے۔"

اس کے ساتھیوں کے کام ملتا تو وہ اسے اپنے ساتھ ضرور لیتے تھے۔ کیونکہ انھیں پتہ تھا کام کرنا اس کی مجبوری ہے۔ اور اس کی ایسی حالت اس کے کام میں حائل نہیں ہوتی

ہے۔ وہ اب بھی ایسی حالت میں بھی پہلے کی طرح چستی پھرتی سے کام کرتی ہے۔

لیکن جب کوئی نیا آدمی مزدوروں کی تلاش میں آتا اور اسے دیکھتا اسے دیکھ کر ٹوک دیتا۔

"یہ اس حالت میں کام کر پائے گی؟

اس پر اس کے ساتھی اسے سمجھاتے وہ کام کرتی ہے۔ کئی دنوں سے ان کے ساتھ کام کر رہی ہے۔

اس پر وہ تیار ہو جاتا۔

ان دنوں کام بہت اچھا چل رہا تھا۔

ایک بہت بڑی عمارت کا کام انھیں ملا تھا۔

اس عمارت کا کام کئی مہینوں تک چلنے والا تھا۔ اس لئے اس بات کی خوشی تھی کہ اب کئی مہینوں سے کم سے کم کام کی تلاش میں بھٹکنا نہیں پڑے گا۔

نوکری کی طرح کام تھا۔

وقت پر کام کے مقام پر پہونچ کر کام شروع کر دینا۔

وقت پر کام چھوڑ کر گھر واپس آجانا۔

مزدوری روزانہ کے بجائے ہفتے میں ملتی تھی جو اچھی بات تھی ایک ساتھ بڑی رقم ہاتھ میں آجاتی تھی اور تنخواہ نہیں ہوئی اس بہانے وہ رگھو سے پیسہ بھی مانگتی رہتی تھی۔

دو تین بار اس نے رگھو کو اٹھایا جب وہ نہیں جاگا تو اس نے اندازہ لگالیا کہ آج رگھو کا کام پر جانے کا ارادہ نہیں ہے اس لئے اس نے کام پر نہ جانے کا ارادہ ترک کر کے کام پر جانے کا طے کر لیا۔

اس نے رکھمی کو سمجھایا۔

گوٹیا کا خیال رکھنا۔ راجو اسکول سے آئے تو اسے کھانا کھانے دینا بابا آج شاید کام پر نہیں جائے انھیں گھر سے باہر جانے نہیں دینا۔

اور وہ کام پر چل دی۔

رکھمی کی عمر مشکل سے پانچ سال ہو گی۔ وہ دو سال کے گوٹیا کو اچھی طرح سنبھال لیتی تھی۔ اسے بھی آئندہ سال سے اسکول بھیجنا پڑے گا پھر گوٹیا کی دیکھ بھال کون کریگا؟ اکثر وہ یہ سوچتی رہتی تھی۔

"وہ کل کی بات ہے۔ دیکھیں گے۔ پھر وہ یہ سوچ کر اپنا سر جھٹک دیتی تھی۔

وقت پر وہ کام کی جگہ پر پہونچ گئی تھی اور اسنے اپنا سونپا ہوا کام شروع کر دیا تھا۔

لیکن اسے کام کرنے میں سخت تکلیف ہو رہی تھی۔ اور بار بار اس کے اندر کا کوئی اس سے کہہ رہا تھا آج اسے کام پر نہیں آنا چاہئے تھا۔

وہ کام کر رہی تھی لیکن کام کرتے ہوئے جب تکلیف ہوتی تو کسی جگہ رک جاتی یا سستانے کے لیے بیٹھ جاتی تھی۔

اس کی اس تکلیف کو اس کے ساتھ کام کرنے والی اس کی دوسری ساتھی اچھی طرح سمجھ رہی تھیں۔

جہاں وہ اسے بیٹھی دیکھتیں اس کے پاس آکر اس کا حال دریافت کرنے لگتیں۔

"لکشمی! کیا بہت تکلیف ہے جا واپس چلی جا۔۔۔"

"دن پورے ہو گئے ہیں تجھے کام پر نہیں آنا چاہیے تھا۔"

ایک بار کام پر چڑھ گئے تو سیٹھ اور مقادم تو یہ سوچیں گے نہیں کہ تجھے تکلیف ہے۔ وہ تو جو مزدوری تجھے دیں گے اس کی پوری قیمت وصول کریں گے۔"

وہ ان کو جواب دیتی سوچتی۔

"سچ مچ اس ءکام پر نہیں آنا چاہیے تھا۔ اب معاملہ یہ ہے کہ وہ واپس گھر بھی نہیں جا سکتی۔ گھر جانے میں تاخیر ہو سکتی ہے۔"

اس کی تکلیف بڑھ سکتی ہے۔ راستے میں پریشانیاں بڑھ سکتی ہے۔

اس وقت وہ اس مقام پر محفوظ ہے۔

اسکی مدد کرنے والی اسکی کئی سہیلیاں ہیں وہ ان کے درمیان خود کو بہت محفوظ سمجھ رہی تھی۔

رک رک کر کام کرتے ہوئے وہ ایک بجے کا انتظار کر رہی تھی کب ایک بجے اور کھانا کھانے کی چھٹی ہو تو اسے تھوڑا سا آرام ملے اور وہ کہیں لیٹ کر سستا لے۔

جیسے ہی گھڑی نے ایک بجایا سب مزدور اپنے اپنے کام کو چھوڑ کر کا کھانا کھانے میں لگ گئے۔

انھوں نے ٹھنڈی چھاؤں تلاش کی اور جوڑیاں بنا کر کھانے کے لیے بیٹھ گئے۔

جو کچھ رو کھا سو کھا کھانا وہ اپنے ساتھ لائے تھے مل بانٹ کر مزے لیکر کھانے لگے۔

وہ بھی دو تین سہیلیوں کے درمیان بیٹھ گئی۔

گھر سے جو کھانا ساتھ لائی تھی وہ کھانے لگی۔ کبھی کسی ساتھی کی ٹفن سے کوئی چیز پسند آتی تو وہ ایک نوالہ اٹھا کر منہ میں ڈال دیتی کبھی کوئی ساتھی اس کے ٹفن سے ایک لقمہ لے لیتی۔

کھانا کھاتے وقت درد اور تکلیف کا احساس جاتا رہا تھا۔

وہ بھول گئی تھی کہ وہ کس حالت میں ہے اور اسے کتنی تکلیف ہے۔

کھانا کھانے کے بعد وہ وہیں ٹھنڈی ٹھنڈی ریت پر لیٹ گئی۔

ٹھنڈی ریت اس کے جسم کے کھلے حصوں سے ٹکراتی تو اس کے جسم میں گدگدی

سی ہونے لگتی۔

اچانک درد اٹھا اور اس کے منہ سے ایک چیخ نکل گئی۔

"کیا ہوا لکشمی!؟ دو تین عورتوں نے اسے گھیر لیا۔"

"درد ہو رہا ہے۔ درد بڑھتا جا رہا ہے۔ تکلیف برداشت نہیں ہو رہی ہے۔ اس کے منہ سے نکلا۔

اس نے اپنے دانتوں سے اپنے ہونٹوں کو بھینچ کر تکلیف برداشت کرنے کی کوشش کی۔

ایک تجربہ کار عورت نے اس کے پیٹ پر ہاتھ رکھا۔

"لکشمی! تو اس حالت میں بھی نہیں ہے کہ تجھے گھر یا اسپتال لے جایا جائے۔ تو دس پندرہ منٹ کے اندر ماں بن جائے گی۔"

اس نے دوسری ساتھی عورتوں کو کہا۔ فوراً انھوں نے اس جگہ کو جہاں لکشمی لیٹی ہوئی تھی اپنے پاس کے کپڑوں سے گھیر کر آڑ کرلی۔

"تو چنتا مت کر لکشمی! تجھے کچھ نہیں ہو گا۔ میں یہ سارے کام بہت اچھی طرح جانتی ہوں۔ میں خود اپنے ہاتھوں سے اپنی دو بیٹیوں کی ڈلیوریاں کر چکی ہوں۔"

عورتیں کپڑوں سے گھیر ابنائے لکشمی کو گھیرے کھڑی ہوئی تھیں۔

ماحول میں لکشمی کی کراہیں گونج رہی تھیں۔

جس عورت کو اس معاملے کا پتہ چلتا ہو اس جگہ پہونچ کر لکشمی کو مدد کرنے کی کوشش کرتی۔

مرد لوگ حیرت سے اس نظارے کو دیکھ رہے تھے۔

"لکشمی! ہمت سے کام لے۔ صبر کر یہ تیرا کوئی پہلا بچہ نہیں ہے۔"

عورتیں لکشمی کی ہمت اور حوصلہ بڑھا رہی تھیں۔

لکشمی کی کراہیں بڑھتی جا رہی تھی۔

اچانک لکشمی کی ایک فلک شگاف چیخ ماحول میں گونجی اور ساتھ ہی نومولود بچے کے رونے کی آواز۔۔۔

ان تمام عورتوں کے چہرے خوشی سے چمکنے لگے جو لکشمی کو گھیرے ہوئے کھڑی تھیں۔

"مبارک ہو لکشمی! بھگوان نے مشکل آسان کر دی۔"

"ایک اور لکشمی دنیا میں آئی ہے۔"

اس کے چہرے پر ایک اطمینان تھا لیکن دل میں ایک ہوک سی اٹھ رہی تھی۔

"یہ لوگ کتنی آسانی سے کہہ رہے ہیں۔ ایک اور لکشمی دنیا میں آئی ہے۔ لیکن ان کو کیا پتہ دنیا میں لکشمی ہونا کتنا مشکل کام ہے۔ اور ایک اور لکشمی! لکشمی کی قسمت لیکر دنیا میں آگئی ہے۔

***